# 秀草集

田松林 著

东南大学出版社
SOUTHEAST UNIVERSITY PRESS
·南京·

图书在版编目(CIP)数据

春草集 / 田松林著. — 南京：东南大学出版社，2024.10. — ISBN 978-7-5766-1649-1

Ⅰ. I217.2

中国国家版本馆 CIP 数据核字第 2024P79B16 号

策划编辑:张丽萍
责任编辑:陈　佳　　　责任校对:张万莹
封面设计:王　玥　　　责任印制:周荣虎

春草集 Chuncao Ji

| | |
|---|---|
| 著　　者 | 田松林 |
| 出版发行 | 东南大学出版社 |
| 出 版 人 | 白云飞 |
| 社　　址 | 南京市四牌楼 2 号　邮编:210096 |
| 网　　址 | http://www.seupress.com |
| 电子邮箱 | press@seupress.com |
| 经　　销 | 全国各地新华书店 |
| 印　　刷 | 苏州市古得堡数码印刷有限公司 |
| 开　　本 | 880 mm×1230 mm　1/32 |
| 印　　张 | 9.375 |
| 字　　数 | 195 千字 |
| 版 印 次 | 2024 年 10 月第 1 版第 1 次印刷 |
| 书　　号 | ISBN 978-7-5766-1649-1 |
| 定　　价 | 48.00 元 |

本社图书若有印装质量问题,请直接与营销部联系,电话:025-83791830。

# "诚恒"人生
## ——为田松林《春草集》序

范伯群

现在很流行"缘分"这个词。谚语中曾将它说得神乎其神:"有缘千里来相会,无缘对面不相逢。"因此,有的词典上不得不提醒人们:缘分是"民间认为人与人之间命中注定的遇合的机会。"《辞海》上则将"缘分"解释为"机缘"。我的理解是"巧遇之后又产生了某种情谊",谓之缘分。田松林与我之间,也确实是一种"巧遇",而我们之间产生的是一份友谊。

1955年,我大学毕业。本来在当时的"统一分配"中我是与他无缘的。可是受"胡风事件"影响,我被戴上"一般胡风分子"的帽子重新分配。组织上指派我到江苏省教育厅报到,江苏省教育厅将我分配到南通市教育局,南通市教育局又将我分配到南通中学(简称"通中")任教,南通中学的领导又分配我到田松林就读的高一(1)班担任语文课老师。在这层层分配指令中都有一个"巧"字在。这就是机缘与巧合。

如果在现在，别说是大学毕业生，即使是一位硕士研究生能争取到省重点中学去任教，都是很值得羡慕而庆幸的事，但在半个多世纪之前，中国研究生培养制度尚不健全，就连大学毕业生都很稀少。而我戴上了一顶无形却又沉重的政治帽子，心情当然是灰溜溜的。应该说，是田松林这些青年学生"治"好了我的"时代忧郁症"，我们在教学中建立了深厚的情谊，他们使我感到我还不是"废料"，我还能起一个小齿轮与螺丝钉的作用。而且，我也很感激南通中学，学校没有歧视我，也没有将我这顶"帽子"公之于众，还能给我以施展工作能力的广阔空间。这是一个学风非常好的中学，因此学生中也人才辈出。

田松林在1958年毕业了，而我也在1960年调离了南通中学。我再次与田松林所在的班级接上关系是半个世纪之后的事了。那时他们1958届高三（1）班的同学也都退休了，留在家乡南通的同学还出版了不定期的油印刊物《友声》。田松林就是办这一刊物的骨干分子之一。在半个世纪之后，他们还能想到我，将刊物寄给我，还向我约稿，看来时间还没有将他们的记忆抹平，我非常感激他们这份友好的情谊。我就写了一篇《我的青春，我的梦》，与他们一起回忆我们共同生活的那段青春时光。我的回忆大概也激起了他们的共鸣，许多同学都写出了令我非常感动的文章。我与田松林的联系也变得经常化了，他也将记录了他一生经历的《春草集》寄给我看，读后我感慨良多，我想我应该写下我的一些读后感之类的文字。

我与田松林只相差7岁,我们之间不存在代沟。我们是同时代人。相对来说,我们这一代人的生活道路比较坎坷。在政治生活方面,他比我幸运些;但在与病魔作斗争方面,他被肺部的阴影缠绕过几次。我是在1955年的四分之一世纪以后才正式收到平反的文件。而他由于身体的原因不能马上考大学,曾在工厂的红专学校当教员;在北京农业大学(现中国农业大学)毕业后,正逢"文革",他又被"一竿子插到底",到一个只有10多名拖拉机手的机耕队去当会计;后来又到一个劳改单位工作了17年……终于在1984年才调回南通,但又不是搞他的本行,而是在现江苏工程职业技术学院教经济管理,除了教经济管理之外,他又教了七八年书法。他的《春草集》使我了解了他也不算平坦的大半生经历。但让我感到敬佩的是,他不论在哪个岗位上,都有一种高度的敬业精神,做好分配给他的工作,在并不内行的工作中使自己成为内行,而且从中还找到了属于自己的一份乐趣,还能写自己的一份心得,显示了一种成就感。这是我们这一代青年从小就被党教育出来的社会责任感和历史使命感。我们那时,人是单位"私"有的,单位不放,就得安心工作。我几乎感到,那时人好比植物,将你栽种在哪里,你就在哪里生根发芽。要想"移栽"是非常困难的。倒并非水土不服,而是"园丁"不同意。在这种情况下,我们这一代人就会说服自己,还是安心工作。在田松林豪迈的诗歌中，我们看不到半点消极的迹象。在《春草集》中，田松林写出了我们这一代人的精神风貌。至于我们的儿孙辈，他们有他们的生活规律、生活信条。生活在不同的时代与境遇中，也许是不宜去类比的。

　　作为通中人，他在《春草集》中，始终践行着通中的校训——"诚恒"。他在刊物上发表过有关"诚恒"的文章《做人要诚，治学要恒》。"诚"，当然首先是有对祖国与人民的赤子之心，可是我觉得他的"诚"是表现在多方面的。在他的《春草集》中，我们看到他对每一位同班同学的友情是如此的真挚。同学与同事有喜庆佳音，他用诗篇为他们放歌祝福；而在同学与同事遇到什么不幸时，他用哀歌与他们一起深表惋痛。在亲情方面，这个"诚"字又表现出了我们的民族美德，使我们深深体会到子孝父慈的温馨。他的《守母病吟》是感人肺腑的；而在《送大儿平平入学》中，在赴沪的轮船上他即景生情的"浩浩长江水，悠悠父子情"真是韵味深长，《送小儿凡凡赴深圳工作》中谆谆叮嘱的"花乱何妨人眼冷，路遥但见马蹄轻"，又字字流露出舐犊情深。无论是于国于家、于公于私，皆从一个"诚"字派生出"情"。至于"恒"，前面我提到他数十年如一日耕耘在自己的岗位上，那种"枕戈待旦"的情怀，具有时刻去准备攻坚的意志；在和平的日子里，这是一种创造性的开拓精神。直到退休，他还是一往如昔，他的大半生皆以"诚恒"为本。

在《春草集》的对联部分，他几乎对每一位年过七十的同学写了贺寿的祝词。其中大多是我昔日熟悉的学生们，田松林都能写出他们的个性与特征，或是与他们之间可以记怀的往事，读来令我如见其人。但是一个总的印象是昔日的少年现在都已华发盈颠，时间在我们额头上刻上了印痕；但如果我们重逢，我们能相互证明，我们曾经年轻过！在通中的荷花池畔，在北濠河旁，书声琅琅，歌声嘹亮。不是说"人生七十古来稀"吗？可是在我们这一代，欣逢盛世，各种条件都能有利于我们的健康与长寿。如果再深深想一想，古人真是高明，他们在讲这句话时早已留下余地，不是说"古来稀"吗？是的，现在早已不同于古代，现在活到七十岁是非常普遍的现象。我在20世纪80年代初写过一部《冰心评传》，我与谢老相熟，看到在她的房中挂着"人生从八十开始"的字幅。我那时年轻，没有深味她老骥伏枥的壮志。直到今天，我才知道我们应该站在一条新的起跑线上，倾听发令起跑的枪声："生命从八十开始"——以此与田松林和诸同学共勉！

是为序。

**范伯群教授简介：**

　　范伯群，男，1931年生，浙江湖州人，1955年复旦大学中文系毕业。本拟分配到中国社会科学院文学研究所，因牵涉"胡风集团"问题，被降格分到江苏省南通中学任教，开始教我们高一的语文，后常被调到江苏省教育厅编辑教学参考资料，并担任南京《雨花》杂志编辑。1978年调江苏师范学院（今苏州大学）中文系，先后任教授、博导、系主任。他专注于现代通俗文学研究，成就颇丰，1991年开始享受国务院政府特殊津贴。他主编的《中国近现代通俗文学史》获得了教育部"第三届中国高校人文社科研究成果一等奖"、中国现代文学研究会"第二届王瑶学术奖优秀著作一等奖"、第四届中华优秀出版物奖、第三届中国出版政府奖图书奖，入选了国家新闻出版总署"第三届'三个一百'原创图书出版工程"。我回到南通后，始得与他联系，所受教益匪浅。他赠我的100多万字的《填平雅俗鸿沟——范伯群学术论著自选集》，我视若珍宝。他不仅为我的这本小集子作序，还关心我的另一本小书的出版问题，直至病重逝世。我在这里重置此序，也是为了表达对他的永久纪念。

海绵择水若甘泉评诗
师生百岁缘谐而垂此情
来岁参深之师爱擢新佳
诗范友授为拙著序 田桥林

# 自序

2009年我所完成的并请范伯群老师作序的《春草集》，主要是我从1984年回到南通任教后的诗文习作。回通之前的东西呢，放在箧底，也懒得去找它。但近日在整理旧物时，看到还有些诗词底稿可作为资料保存，于是我把它们用作本书的开头部分，从学生时代，到劳动锻炼，到在湖北工作。同时，我把《春草集》中的诗词部分拿过来，放在本书诗词部分的中间，下接《春草集续》。这样也就不仅可从这本"流水账"中了解到我的诗词习作全貌，也可了解到我曲折坎坷的人生轨迹。

回眸习作的全貌，我的初步体会是：诗与所学专业有关，更与人生际遇、心志、性情有关。我在学生时代，以及在湖北工作期间，几十年没能写多少诗，而在劳动锻炼的一年多时间里却写出了几十首诗词，正如我在《打柴组歌》里说的："打柴才识柴火贵，战斗方能有感吟。"诗言志，亦言情，必须有感而发、有情而抒，人生不能无动于衷，也不能无病呻吟。

关于诗的体裁，我以为，新诗、旧体诗都可写，可有所侧重。本书中有一两首新诗用的是两行一节的，那是学诗人田间《赶车传》的体式；有新诗用整饰句式的，那是学诗人闻一多的《死水》。我刚开始学旧体诗的时候，还不懂诗词格律，这次翻出来作补充时，都按格律做了修改。本书诗词部分多为旧体诗词，以七律、七绝居多。绝句易学难工，至今难以得心应手，主要是第三句"放野马"所致。这也是一位诗友兼诤友给我指出来的。我想，唐代诗人灿若繁星，但他们之间，如李杜、元白、刘白等人，都是可以唱和、切磋的诗友兼诤友的关系。这也是唐人留给我们的文学遗产。写诗，不仅要格律烂熟于心，还要意境深远、诗味悠长，所以毛主席在1959年9月7日致胡乔木的信中说："诗难，不易写，经历者如鱼饮水，冷暖自知，不足为外人道也。"但我看到，杜甫晚年的诗，极其重视格律，但同时重视古风，所以现在有人呼唤古风。但古风不是不讲格律，而是要有古色古味。我试着用古风写了两篇游记（一首游三亚，一首游青岛），还不知学得像不像。还有一种七绝组诗，也可用来记事，篇幅可长可短，我的《守母病吟》《武汉行》和《深圳行》《深圳行（之二）》，都用到了它。还有篇末的纪念入党50年的那首七绝组诗，可以说是从小写到老，跨越了几个时代的变迁，那是感沐党恩的一首长吟。至于诗词并用，我还实践得不够。虽然我出版过一本《填词与品词入门》（化学工业出版社，2017年1月，30万字），但写起来还是诗多于词，因为填词还需要根据诗庄词媚、诗阔词长的特点，熟记词谱和词例，才能达到填词如写诗一样驾轻就熟。

对此我有两点重要体会：

一是诗的根本价值在于它的诗魂、它的诗教作用。大我小我都要写，但归根到底要以大我——人民为中心，小我体现大我。我在《读〈香山诗社吟唱集〉》中写有一句："子美成诗圣，赖闻疾苦声。"这是由杜甫的经历造就的。所以学习李杜，人们常要求把现实主义与浪漫主义结合起来，这是很难做到的。如苏轼所说："谁知杜陵杰，名与谪仙高。扫地收千轨，争标看两艘。"（《次韵张安道读杜诗》）这最后一句，把李杜二人比作端午节竞渡中的两只龙舟，非常贴切。在创作上，他们原本走的不是一条路，乘的不是一条船，所以，才由于不同的经历和个性形成了各具特色的诗风。由此可知，在创作上贵在形成自己的诗风。这一点，我还差得很远很远。我在《中华诗词》上发表的一两首诗，都是在"以人民为中心"主题方面沾了一点边。

二是写诗的根本方法是形象思维。毛主席在给陈毅同志谈诗的一封信中，把这点讲得很清楚了。赋、比、兴都要用，但比、兴更体现意象；不要以散文入诗。这两点实际就是思想性和艺术性的完美结合，也是唐诗达到诗歌高峰的根本所在。我还是比较注意掌握这两点的，但还是掌握得不够。

写格律诗，恐怕一开始就有一个难点，即守律问题。有些人说要守律，往往就没有诗味了；而要有诗味，又不合格律了。要味律兼备,是要下功夫的。为了缩短学习格律的时间,我在学诗心得部分,以自己的学习体会,写了两篇文章,供您参考。

对联,也是一种文学形式,之所以列入其中,是因对提高当今的对联文学水平有实际意义。除引用了中国楹联学会的《联律通则》外,其余的《对联作法》和《对联书法》都是我自己的写作体会。

所以,本书如果能成为您写诗、写对联的一个小小的帮手,那就善莫大焉了。

耄耋之年,手捧拙作奉献给自己的亲朋好友,真有无限感言。当此落日之余晖下,如果我还能写点赞美"夕阳无限好"之类的东西,那就看天假我年了。

恳请您给予不客气的批评指正。

田松林
2023年10月

# 目录

## 诗词部分

### 学生时代

1961年

登本校主楼看首都雪景 / 003

游昆明湖 / 003

西山月下 / 004

赠老顾同学 / 005

1962年

谢大娘 / 005

1966年

"串联"感赋 / 006

1968年

西江月·毕业分配 / 006

过安庆 / 007

满江红·夜过武汉长江大桥 / 007

### 劳动锻炼

赴军垦农场劳动锻炼 / 008

水调歌头·舟中书怀 / 008

安营 / 009

如梦令·营长训话 / 009

值夜 / 009

1969年

沁园春·运草 / 010

水调歌头·春节抒怀 / 011

夜战在大同湖上 / 011

插秧 / 013
念奴娇·抗洪记 / 013
江城子·战血吸虫 / 014
满庭芳·庆祝国庆二十周年 / 014
打柴组歌 / 015
浣溪沙·看电影《钢琴伴唱〈红灯记〉》/ 016
小河镇留别 / 016
转战 / 016
乡思（古风）/ 017
送排长 / 017
读故人《临行赋》/ 018
沉湖二首 / 018
西江月·贺送嫁 / 019
1970年
岳口夜泊 / 019
誓师会上表决心（朗诵诗，部分）/ 020

## ──○ 返回农场

1971年
诗词三首（和郭沫若同志）/ 021

1975年
赠别老红军李义贵政委 / 023
1977年
看电影《敬爱的周总理永垂不朽》/ 024
四十书怀 / 025
渔家傲·庆国庆（二首）/ 025
秋色赋 / 026

## ──○ 南通任教

1984年
转移 / 027
1985年
晚会献词 / 028
五四青年节联欢会 / 028
1987年
一剪梅·校庆 / 029
1988年
满庭芳·元旦 / 029
诉衷情·七一 / 030
南歌子·艺术节 / 030
1989年
五一 / 031
春游 / 031

五四运动七十周年 / 031
国庆十年历 / 032
1990年
送徐一琳老师退休 / 033
迎新献词 / 033
水调歌头·中秋（步东坡韵）/ 035
1991年
送大儿平平入学 / 036
纺校恋 / 037
1992年
在全校迎评估创重点大会上的演讲 / 039
江南秋 / 043
夕阳 / 043
迎全班同学 / 044
1994年
江南麦收小景 / 045
送全班同学毕业 / 045
1995年
读易海云同志《踏歌行》/ 046
参观周总理纪念馆 / 047
第十个教师节喜赋 / 048

1996年
悼苏来琪同志 / 049
哀思邓大姐 / 050

## 退休以后

1997年
挂鞭吟 / 050
读《香山诗社吟唱集》/ 051
1998年
致谭政民老师 / 053
1999年
浙江行 / 054
2000年
喜得故人书赠绝句，次韵奉和 / 055
送小儿凡凡赴深圳工作 / 056
中秋二首 / 056
2001年
建党八十周年有感 / 057
读海云两本诗集并贺乔迁 / 057
读白居易《长恨歌》/ 058
读岳飞词《小重山》/ 058
读郑板桥《渔家》/ 058

2003年
夕阳赞 / 058
记我国首次载人航天成功
　　　　　　　　／059
2004年
哭姨母 / 059
浣溪沙·参观《神州花韵》
全国城市市花书画展 / 060
念奴娇·第一次乘家乡火车
　　　　　　　　／060
十年重聚首 / 061
聚首吟 / 062
赠李德充同学 / 063
西江月·和海云《忆旧》／064
2005年
送《友声》给汉培、学橙
　　　　　　　　／064
《千手观音》赞 / 065
正月初五作 / 065
孙家湾矿难 / 065
浣溪沙·元宵忆旧 / 065
早春 / 066
春晨 / 066
弄孙 / 066

探病 / 066
惜春 / 067
江边 / 067
卸任 / 067
遇雨 / 068
满江红·保钓 / 068
送徐春贵回荆州 / 069
谢朱明华宴请河豚席并雨中
游江堤 / 069
咏仙人掌 / 069
咏海云书法（步原韵）/ 070
小满即景 / 070
题毕业二十年回校学生通讯
录 / 071
赠毕业二十年回校学生 / 071
中秋望月 / 071
教师之歌 / 071
弄孙（之二）/ 073
祖孙同看神舟六号回家 / 073
海安如皋一日游 / 074
答海云 / 074
闻母校北农大百年校庆 / 075
移居 / 075
金沙行 / 076

蝶恋花 / 078
读姚华老师《心花一束》/ 078
2006年
湖边垂钓 / 079
悼吴凤山同志 / 079
游甪直 / 080
扫姨母墓 / 080
守母病吟 / 081
外孙王卯二十岁有赠 / 085
喜得孙女有作 / 085
七十初度 / 085
闻李德充三女儿咏梅去世（二首）/ 086
破阵子·红军长征胜利70周年 / 086
看杨玉华老师画展 / 087
致2006年初冬老同学聚会未得至者 / 087
2007年
有感于我与诺贝尔奖 / 088
读方殁老师《泥爪集》/ 088
江边行 / 089
雨中寄物致友人 / 090
呈范伯群老师 / 090

初读范伯群教授《中国近现代通俗文学史》/ 091
知范老师蒙难感赋 / 092
咏范教授手笔和书法 / 092
6月18日过长江喜见苏通大桥合龙 / 093
酬杨鸿逵同学专文忆旧 / 093
读朱明华同学感叹文 / 093
母逝一周年祭 / 094
喜看嫦娥一号奔月 / 095
2008年
深圳行 / 095
清明 / 098
汶川地震悲歌 / 098
看奥运会开幕式 / 100
读海云怀旧文《青春逝水淡犹浓》/ 100
次韵海云诗《古井微漪》/ 100
南通中学毕业五十周年感赋 / 102
阅同届同学通讯录寄本魁 / 102
通中毕业五十周年聚会（步汉培韵）/ 103

赠李锦涛同学 / 103
慰怀歌 / 104
祝本校改革开放三十年展开幕 / 105
游杭州湾大桥 / 106
乌镇访茅盾故居 / 106
读海云《新千年集》并谢为拙著题签 / 107

## 春草集续

2009年
菩萨蛮（二首）/ 107
送鬼神 / 108
喜看通中日晷揭幕 / 108
阔别重逢范老师 / 109
读李贵仁同志诗文集《闲聊》 / 109
读《易海云诗词书法集》/ 110
鹧鸪天·次韵和宋育东先生 / 110
次韵和方玱老师 / 111
沁园春·庆祝国庆六十周年 / 111
故乡月 / 112

游园博园（二首）/ 112
参观洋口港（二首）/ 113
十一月六日夜望星空 / 114
贺姚华老师七十寿辰 / 114
祝方玱老师八十寿辰 / 115
闻王彭龄老师去世 / 115
次韵谢学友守桁为拙著题句 / 116

2010年
悼小岗村书记沈浩同志 / 116
咏竹 / 117
谢毕业生回校赠丝绵被 / 117
冬日怀海云 / 117
有感于我国几位数学家能诗 / 118
2010年春晚语言类节目观感（步杜牧《清明》诗韵）/ 118
正月初五作 / 118
元宵偶读熊亨瀚烈士诗次韵 / 119
慰友人 / 119
感时 / 120
哀玉树 / 120
游唐闸公园未名亭 / 120

武汉行 / 121
赠幼儿园老师 / 124
凡儿回 / 124
幼儿园毕业典礼 / 125
唐闸公园消夏 / 125
大生码头吟 / 125
哀舟曲（二首）/ 126
咏香樟 / 128
咏紫薇 / 128
满江红·再论保钓 / 128
咏桂花 / 129
谢八七劳资班同学赠紫砂杯 / 129
观尤无曲画展 / 129
远喜与近忧 / 131
赠钱伯章同学 / 131
观南通范氏诗文世家陈列馆 / 132
游通州江南大院 / 132

2011年

深圳行（之二）/ 133
东风第一枝·中国共产党九十华诞 / 137
齐天乐·赠范伯群老师 / 137

读张德清《恐·望集》/ 138
永遇乐·送《通中人》会杜汉培 / 139
赠蒋治明 / 139
贺新郎·赠戴炳泉 / 140
如梦令·戏改李清照词以慰单守祈 / 140
谢刘锡鹏赠梅花照 / 140
沁园春·赠马镜然 / 141
悼张炎同学 / 141
如此江山（齐天乐）·辛亥百年步秋瑾韵 / 142
蝶恋花·赠八九外经班同学 / 142
忆江南（十首）·游苏州东山 / 143
读汉培论史文有感 / 144

2012年

贺新郎·酬锡鹏制作贺年片见赠 / 145
参观故宫珍藏书画复制品展 / 146
清明回乡扫墓二首 / 148
又抱一孙有作 / 148

南通之春 / 148
桃源忆故人·赠八九会（2）
班同学 / 149
酬锡鹏荷花睡莲照见赠二首
　　　　　　　　　　　／ 149
满江红·三论保钓 / 150
水调歌头·中秋望月（步东坡韵）/ 150
参观上海大观园 / 151
哭襟弟 / 151
2013年
雪中为孙女寄字帖 / 151
鹧鸪天·赠蒋治明同学 / 152
喜见重提批评与自我批评
　　　　　　　　　　　／ 152
春夜风雨大作 / 152
谢杨紫霞同学端午祝福 / 152
游溱潼 / 153
参观通州东社镇忠孝园 / 153
通中毕业五十五周年聚会感赋 / 153
赠单守析 / 154
题刘锡鹏摄《故乡秋色图》
　　　　　　　　　　　／ 154

读杜汉培散文集《碎墨集》
　　　　　　　　　　　／ 154
读黄仲英散文集《霜叶集》
　　　　　　　　　　　／ 154
重阳节赋 / 155
2014年
三亚行（古风）/ 155
旅游有感二首 / 159
拾遗 / 159
贺海云同志八十寿辰 / 159
悼张荣生校长 / 160
五四青年节看大学生文艺表演 / 160
咏石榴 / 160
定风波·暴雨中接孙放学
　　　　　　　　　　　／ 160
观世界杯足球赛决赛 / 161
行香子·1990级劳资班校友毕业20年回校聚会 / 161
接汉培来电 / 161
喜见香港同庆抗战纪念日
　　　　　　　　　　　／ 162
赠松茂弟二首 / 162
中秋寄苏州师友 / 162

贺老妻七十寿辰 / 163
第三十个教师节有感 / 163
谢炳泉赠野生天麻 / 163
喜迎国庆六十五周年 / 164
晨练所见 / 164
谢林勉问候 / 164
九月十五月儿红 / 164
秋风起 / 165
唐闸祝寿 / 165
陪夜 / 165
病中吟 / 166

2015年

寒梅 / 166
放学 / 167
回乡（四首）/ 167
题徐岳画《江海潮》/ 168
断线风筝 / 168
闻啼鸟 / 168
题刘锡鹏摄《南通风景》/ 169
谢徐岳赠画《临流论诗图》
　　　　　　　　　　　　　 / 169
海棠花谢 / 169
哀江难 / 170
入院 / 170

病房俯瞰南通体育公园 / 170
望月 / 171
赠心内科护师 / 171
题锡鹏摄荷影三首 / 171
候诊 / 172
纪念抗日战争胜利七十周年
（新声韵）/ 172
秋夕 / 172
题徐岳画《秋酣》/ 173
赠蒋治明 / 173
秋思 / 173
回通中 / 174
中秋月下 / 174
复罗宗南视频 / 174
赠出版社编辑 / 175
悼德充同学（新声韵）/ 175

2016年

谢治明赠顶草 / 176
题锡鹏所赠郁金香照 / 176
卜算子·留春 / 177
端午节畅想 / 177
观晨泳 / 177
雷雨夜 / 178
问心 / 178

哀射阳 / 178
参观南通珠算博物馆 / 179
庆祝建党九十五周年 / 179
夏日晨练 / 179
虚岁八十 / 180
观二十国集团领导人第十一次峰会文艺晚会 / 180
母逝十年祭 / 180
纪念长征胜利八十周年 / 181
八十抒怀 / 182
参观南通市第27届菊花展 / 182
参观中华慈善博物馆 / 183

2017年

解佩令·自题《填词与品词入门》/ 183
高阳台·南通博物苑恋曲 / 184
千秋岁·悼易海云同志（用东坡悼少游韵）/ 184
咏勒杜鹃 / 185
中国海关赋 / 185
读唐崔颢诗《黄鹤楼》/ 185
八十青岛行（七古）/ 186
1987届劳资班同学毕业30年有赠 / 188

2018年

雨霖铃·悼范伯群老师 / 188
凡儿生日诗以寄 / 189
徐岳同学画展志庆 / 189
咏紫藤 / 190
通中毕业六十周年感赋 / 190
中华诗词大会吟 / 190
学生毕业三十周年回校聚会 / 191
中秋望月 / 191
雨霖铃·李德充同学逝世三周年祭 / 191
1986级计统班回校聚会 / 192

2019年

谈天二首 / 192
咏玉兰花 / 193
五四运动一百周年感赋 / 193
满庭芳·贺母校南通中学110周年华诞 / 193
听《经典咏流传·黄河大合唱》/ 194
题范曾《画龙点睛》图 / 194

拟作南通首届森林旅游节请柬 / 194
看电视《可爱的中国》（步叶剑英同志韵）/ 195
沁园春·家国 / 195
看《非诚勿扰》/ 196
咏银杏树叶 / 196
集改唐诗给孙子阳阳 / 196
咏古榕树 / 197

2020 年
读徐春赋同志家乡故事集《乡愁》/ 197
谢杨紫霞寄武汉东湖樱花节视频 / 198
回乡扫墓兼祭小龙弟 / 198
悼守桁兄 / 198
沪苏通大桥通车 / 199
斥山姆 / 199

小园听蝉 / 200

2021 年
金缕曲·庆祝中国共产党百年华诞 / 200

2022 年
二十大颂 / 201

2023 年
喜获"光荣在党五十年纪念章"感赋 / 202
送孙子读大二 / 206
重读毛主席吊罗荣桓同志 / 206

## 学诗心得

绝句学习札记 / 207
学诗偶得：小拗救法及其他 / 215
题画诗常用绝句格律提要（给刘锡鹏）/ 221

## 对联部分

题赠
敬调苏中七战七捷纪念馆 / 231

酬守桁学兄二联见赠 / 231
赠杜汉培同学 / 232
赠老友 / 232

赠九二劳资班同学 / 232
嵌名联
赠本班同学 / 233
赠同届同学 / 242
赠外单位同志 / 244
婚联
集《诗经》句贺友人孙女结婚 / 246
贺闻乐天、胡力文结婚 / 246
贺吉亦乐、潘卓中秋结婚 / 246
寿联
贺易海云同志七十寿辰 / 247
贺方发老师八十寿辰 / 247
贺李贵仁同志八十寿辰 / 248
贺陆本魁同学七十寿辰 / 248
贺范伯群老师八十寿辰 / 248
贺黄克全同志八十寿辰 / 249
贺吴庆萱同志八十寿辰 / 249
贺胞妹松贞七十寿庆 / 249
贺胞弟松茂六十寿辰 / 250
贺老妻袁宝兰七十寿辰 / 250
贺谭政民先生九十华诞 / 250
贺严立三老师八十寿辰 / 250

春联
自题 / 251
在深圳向北国诸友拜年 / 251
南通首届春联书法大赛参赛稿 / 252
赠老友 / 252
赠方发老师 / 252
给孙子阳阳 / 253
生肖联 / 253
老家门联 / 254
为悼母亲作 / 255
为父亲九十大寿作 / 256
书室联 / 256
挽联
挽易本老师 / 257
挽茝元吉老师 / 257
挽顾文炎同学 / 257
挽张潜萍同学 / 257
挽林勉同学 / 258
挽李德充同学 / 258
挽胞妹松珍 / 258
对联学习心得
对联作法 / 259
对联书法 / 271

# 诗词部分

## 学生时代

### 1961 年

### 登本校主楼看首都雪景

凭高观雪景,雪景蕴深情。
红日融银海,青纱裹玉城。
翩翩寒雁舞,袅袅炊烟生。
心系农村去,唯闻汽笛声。

1961 年冬

### 游昆明湖

全班过团日,组队游名湖。
朝阳泼金晖,湖上彩虹飞。
手摇桨一片,划破水中天。
半湖山与楼,一船琴伴歌。

1961 年

## 西山月下

黑沉沉的西山上,
一片乳白色的月光。
橙色的灯光在山下掩映,
好像流金洒在沙滩上。

披上了轻纱啊,
那一棵棵窈窕的白杨。
而万寿山上的楼影呢,
就像一幅图案贴在蓝纸上。

那山顶上的红星呀,
你的目光射向了何方?
是这里的书声琅琅,
还是那里的倾诉衷肠?

啊,你的慧眼只要一闪,
无数的灯光都跟你跳荡。
好像是一棵棵连理树,
又好像是一张张珍珠网。

1961 年

## 赠老顾同学

喜见群鹰展翅游,不期一只落沙洲。
山高水远几时渡,海阔天空何处求。
但有歌声驱鬼蜮,更无斗士怕貔貅。
愿君指日健康复,奉献终身莫用愁!

1961 年

1962 年

## 谢 大 娘

在北京农业大学(现中国农业大学)时,有一次麦收实习,我认识了学校附近西北旺村的一位老贫农米振刚,后常去看望。至三年困难时期结束,1962年秋,我因病住进了北京温泉结核病院。老米得知后,派他的老伴包了一提篮羊肉饺子送到医院。我真是感动!毕业后,1981年我利用去保定学习的机会,回母校看望老师并感谢老米一家。

饥馑何能见肉香?莫非开圈宰肥羊。
温泉泉水深千尺,不及大娘情义长。

1962 年冬

## 1966 年

### "串联"感赋

结伴随行挤火车,风尘仆仆返京华。
夜航海上闻声浪,纪念馆中观血花。
闹市虹霓眯醉眼,水乡茅屋稳安家。
唯希早日离巢出,一把钢刀斩乱麻。

1966 年 12 月 6 日返程列车上

## 1968 年

### 西江月·毕业分配

　　江上红灯引路,空中明月当头。今宵远嫁过名楼,但愿终身相守。

　　逝者滔滔江水,韶华滚滚东流。谁知前路几沉浮?顶浪迎风战斗!

1968 年 1 月 13 日夜去武汉船上

## 过安庆

日出大江如火花,微风拂煦启轻纱。
白波滚滚碧波静,帆影摇摇塔影斜。
江客乘风追鹤影,雁行结队走天涯。
海鸥最是解人意,伴我依依不返家。

1968 年 1 月 14 日晨于安庆

## 满江红·夜过武汉长江大桥

别矣江城!来君处,奔波四日。乍听得,一竿到底,不知凉热。数载坎坷人上路,一生羁旅车更辙。或不该,懵懂选高楼,未知极!

望桥下,灯河密。登车迫,不能瞥。管他何委会,何时成立。客栈终非栖息地,远方方有孤家籍。待何时,游子再归来,寻踪迹。

1968 年 1 月 20 日

### 劳动锻炼

遵照毛主席关于"知识分子需要接受工农兵的再教育"的指示,"文革"开始的那一届大学毕业生都暂不分配工作,立即到部队农场去,在部队领导下劳动锻炼。

### 赴军垦农场劳动锻炼

顷接通知赴绿林,初闻热泪满衣襟。
依依杨柳留人意,耿耿星河赤子心。
刚出茅庐生似铁,敢投烈火炼真金。
有缘终会成昆仲,当信天公有指针。

1968 年 11 月 7 日夜

### 水调歌头·舟中书怀

滚滚东流水,款款南飞雁。轻舟本是西上,疑是向东还。凝望孤帆远影,脚下惊涛拍岸,心绪浪花翻。借问前来客,辗转几多弯?

纵身跃,投激浪,换新颜。迢迢万里航路,何惧远途难。不管风吹浪打,不管天寒地冻,奋力挽狂澜。好友应无恙,但等一年看。

1968 年 11 月 27 日

## 安 营

滚滚荆河此处洼,营房正对日西斜。
门窗皆缺亦无铺,打水打来落井蛙。

割草编帘门上挂,无窗亦用草涂抹。
土凳搁上竹筏板,再铺稻草暖如家。

1968 年 11 月 28 日

## 如梦令·营长训话

明月清风柳下,营长厉声训话。明日向何方?挥汗挥镰割茬①。割茬,割茬,一片磨刀霍霍。

1968 年 12 月 2 日

注 ① 茬:湖边的大片芦苇,割去好犁田种地。

## 值 夜①

月光多似别离前,树影道旁渠水边。
可惜今宵分两地,可能梦见我无眠?

注 ① 按部队要求,每夜两人轮流值夜一小时。

# 1969年

## 沁园春·运草

大雪中到八连挑稻草送至一营养牛,经十余里来回,连续挑了四天。

楚地奇观:电闪雷鸣,大雪飘飘。为农场宝贝①,过冬粮草;全营战士,齐备草料。惊起黄羊,追踪野兔,一路号声互比高。顶风雪,看肩挑雪垛,脚踏云涛。

班师得胜回朝。看冬景心雄志更豪。那银花金果,点头赞叹;琼枝玉叶,挥臂铃摇。拥入营房,井边洗澡,热气腾腾面似桃。谁还说,我书生意气,肩不能挑?

1969 年 1 月 30 日

注 ① 农场宝贝:牛。

## 水调歌头·春节抒怀

滚滚内荆水,莽莽大同湖。来自三江四海,共读小红书。喜舞银锄铁笔,笑迎冰天雪地,万里启征途。苦练革命志,甘为老生徒。

歌声震,战旗奋,日新殊。古今史册翻遍,未见此宏图。怀拥雄文四卷,胸跃丹心一片,壮志不忘初。挥汗洗陈垢,奋笔写新吾。

1969 年 2 月 17 日

## 夜战在大同湖上

春耕的热潮激荡着营房,
八班的战士挂念着稻秧。
深夜起床悄悄去翻稻种,
莫打扰战友的甜蜜梦乡。

皎洁的月亮为我们掌灯,
欢乐的青蛙为我们歌唱。
大同湖上战斗的夜景啊,
原来是这样的令人神往!

绰绰人影组成月下图案,
劳动笑声激起水中波浪。
用毛泽东思想武装的人,
黑夜和白天就是一个样!

那一桶桶温暖的清水啊,
就好像供给婴儿的乳浆;
那一粒粒种子的冷热啊,
就好像使母亲挂肚牵肠。

疲倦了的月亮入睡去了,
夜战的灯火却依然辉煌。
为了秋天里的丰收果实,
我们愿把全部心血献上!

回来的路上一片泥土芬芳,
只觉得初夏夜啊夜短情长。
喊一声共同战斗的老农啊,
我们的心更加贴到您心上。

1969 年 5 月 6 日

## 插 秧

百亩秧田一鉴开，天光云影照胸怀。
全连泥腿后方赶，几个差生前面挨。
农家自恃小能手，武大何生夺冠才①。
可叹五周连插秧，几时飘过稻香来？

1969 年 6 月

注 ① 连队里一武汉大学非农家庭出身的同学，插秧极快，我只能屈居第二。

## 念奴娇·抗洪记

大江缺口，浪吞没、万顷良田稼穑。连日飞奔波浪里，龙口夺回财物。肩负行囊，脚湍急，险些成鱼食。呼声高处，英雄人物辈出。

十里江堤连营，炎炎烈日，谁有篷和笠？月涌江心银波闪，游向沙洲回避。睡枕江堤，食凭空降，馊饼仍如蜜。天灾人祸，谁来拿此蟊贼！

1969 年 7 月 29 日

注 1969 年 7 月 20 日长江赤壁对岸江堤缺口，形成重大洪灾。

## 江城子·战血吸虫

一年奋战在湖乡,斗风霜,挽狂澜,无分日夜,万马战犹酣。为练忠心终不变,跰趾烂,不辞难。

艰难才觉路途欢,血吸虫,有何干?四肢涂药,黑脸不凋颜。已忘微躯生与死,唯板荡,识忠奸。

1969 年 8 月

注 至1970年5月劳动锻炼结束回原单位时,无一幸免地都得了血吸虫病,不得不集中治疗。

## 满庭芳·庆祝国庆二十周年

雪裹棉铃,金翻稻浪,银鹰展翅高翔。钢花铁水,喷薄迎朝阳。二十年来战绩,足可比,百载沧桑。欲挥笔,难描难写,祖国好春光。

毋忘!君不见,豺狼舞爪,扰我边疆①。举世烽烟里,血热衷肠。速铸铜墙铁壁,揽长缨,横扫强梁。屠狼后,普天同庆,庆我国威扬。

1969 年 9 月

注 ① 豺狼舞爪,扰我边疆:指珍宝岛自卫反击战,是中国人民解放军边防部队在珍宝岛击退苏联军队入侵的战斗。

## 打柴组歌

（一）

朝阳如火岭如云，金索银镰出小村。
引得村民瞪目看，笑问上山何许人？

（二）

山村水库平如镜，眼底群山矮似坟。
长啸一声山谷应，唯恐惊落天上人。

（三）

点点幼松披翠岭，纷纷落叶染红峦。
回眸战友挥镰处，秋色胜过万寿山。

（四）

几眼清泉唱小曲，一池秋水照红颜。
返途渴饮山泉水，始觉山村水最甜。

（五）

打柴才识柴火贵，战斗方能有感吟。
拾得打柴歌五首，与君共抚五弦琴。

1969 年 10 月 18 日

## 浣溪沙·看电影《钢琴伴唱〈红灯记〉》

秋月空山照小村,露天银幕看《红灯》。此时更念北京城。
不是当年多"表叔"①,哪能今日听琴声。铁梅自是接班人。

1969 年 10 月 19 日夜

注 ① 表叔:暗指地下党员。铁梅有唱词"我家的表叔数不清,没有大事不登门"。

## 小河镇①留别

小居三月行将别,万里秋高分外明。
曾记初来新夏景,难忘此日老乡情。
凯歌声里度佳节,金稻田间割谷声。
同饮山泉一瓢水,山区父老似泉清。

1969 年 11 月 5 日

注 ① 小河镇:湖北省大悟县的一个小镇。

## 转 战

风急浪高细雨寒,人叫马嘶战旗翻。
今朝辗转沉湖去,明日新乡何许颜?

1969 年 11 月 15 日小河—孝感途中

## 乡思（古风）

鸡啼惊乡梦，神思犹恍惚。
不知在何地，眼前是何物。
宛如塘边雁，常为异乡客。
只影伴孤身，热血暖忠骨。
眼看春节至，难归亦难出。
不思鼻已酸，再思枕将湿。
但知学军纪，严守是要则。
忠孝古难全，家书两兼得。

1969 年 12 月 2 日

## 送 排 长

革命常需走天涯，友谊刚建又分家。
大同湖畔风和雨，孝感河边桑与麻。
勤读雄文先示范，力排艰险更巡查。
何当共治沉湖水，心里同开向日花。

1969 年 12 月 2 日

## 读故人《临行赋》

临行一赋震长空,重赴熔炉火正熊。
昔日温泉春景淡,而今干校战旗红。
美名在育京西稻,壮志能为鄂北松。
安得长征到吴起,与君寄语说萍踪。

1969 年 12 月 4 日

## 沉湖二首

### (一)

初入沉湖好乐天,茫茫一片水相连。
无边荒草风吹浪,几点孤村雨打船。
野鸭惊飞龙卷地,战旗漫舞镐如林。
沉湖酣睡快苏醒,请看今朝谁着鞭?

### (二)

日出下湖肩上锹,午前送饭路遥迢。
朔风自冷人方热,湖底渐低岸更高。
水利工程真命脉,炎黄大禹有神庙。
艰难挑得沉湖土,每到岁寒知后凋。

1969 年 12 月 8 日

注　此为 1969 年冬,武汉军区组织的围湖造田开垦沉湖大会战。
第二首颔联借用了聂绀弩先生《散宜生诗·夜战》中的诗句。

## 西江月·贺送嫁

楚地寒秋薄暮,小塘冷水残荷。下工脱却一身蓑,独上塘边洗搓。

忽见穿红佩绿,跟随打鼓敲锣。多情应笑我多磨,我却衷心祝贺。

1969 年 12 月 9 日

1970 年

## 岳口夜泊

寒月当空照,船艄形影子。
归来知恶息,万箭穿心裂。
世事极纷纭,溯源理瓜瓞。
抽刀断情缆,忍看乌江血。

1970 年元月 19 日

## 誓师会上表决心（朗诵诗，部分）

一场春雨润心田，澎湃心潮此时情。
昨日听得党召唤，今日誓师表决心。

分配之时何所想，"五好战士"应开腔。
决心迎着困难上，不去沙洋去郧阳。

党的恩情比海深，一身全系党培成。
呕心沥血难为报，只为人民忘死生。

银锄铁笔莫离手，掌上老茧要加深。
誓与人民同甘苦，永做工农小学生。

各行各业出英雄，全靠自强不息功。
山村小学如需要，热血浇得花朵红。

眼前一派好风光，我趁春风上郧阳。
待到山花烂漫时，与君寄语夸"故乡"。

1970 年 2 月 20 日

> 返回农场

## 1971 年

## 诗词三首（和郭沫若同志）

郭老近作诗词三首（载《人民日报》1971 年 9 月 19 日），勾起了我久违的诗兴，今步其韵，不步其意，以庆祝国庆二十二周年。

### 浣溪沙

佳节翩翩联袂来，银花火树夜空开。旌旗鼓角巧安排。小小银球[①]惊世界，潇潇秋雨洗尘埃。大洋彼岸听风雷。

注　① 小小银球：指中美的乒乓外交。

### 满江红

两种战场，均考验英雄气概。革命者志坚如铁，情深如海。响鼓常宜轻棒打，好苗也要勤灌溉。手中枪，尚有小红书，随身带。

千万事，莫忘"帅"。私心恨，公心爱。从灵魂深处，扫清障碍。彻底清除坏思想，完全进入新境界。为人民，不断立新功，增光彩。

## 七 律

年方廿二正青年，策马扬鞭永向前。
大寨红花开大地，铁人遗愿谱新篇。
数条彩练铺江上，多幅宏图孕笔先①。
更喜今朝佳节至，与君把酒话诗泉。

1971 年 9 月 26 日

注　①"先"字处原郭诗为"端"字，出韵。

**附：郭沫若同志原作**

### 浣溪沙

战友高棉远道来，天山山麓盛筵开。东风牧社巧安排。
骏马奔腾撼大地，晴空澄澈绝纤埃。欢呼阵阵走惊雷。

1971 年 9 月 13 日作于东风公社

### 满江红

保卫边疆，看军垦英雄气概。使戈壁化为耕地，汪洋如海。民族弟兄同手足，天山南北齐灌溉。况工场，骏马满郊原，森林带。

毛主席，大统帅；共产党，人民爱。叫山河改道，排除障碍。藐视帝修纸老虎，创造人民金世界。立新功，破满还戒骄，增光彩。

1971 年 9 月 15 日作于石河子

## 七 律

里加游览忆当年，此地风光胜似前。
歌舞水边迎贵客，云笺天上待诗篇。
一池浓墨盛砚底，万木长毫挺笔端。
更喜今晨双狍子，盛筵助兴酒如泉。

1971 年 9 月 16 日作于天池

## 赠别老红军李义贵政委

胸怀敌子弹，满腔阶级仇。
一心为革命，奋斗四十秋。
五年教育我，使我热泪流。
临别一番话，刻在我心头。
决心听党话，不负党要求。
改造世界观，战斗永不休。
愿您多保重，上下共参谋。
领导漳湖垸，更上一层楼。

1975 年 9 月 25 日

# 1977 年

## 看电影《敬爱的周总理永垂不朽》

投影幕前人伫立，
泪涛仍似一年前。

高山耸立大海涌，
哭声压倒哀乐声。

灵车缓去心欲裂，
千呼万唤不忍别。

满腔热血全燃尽，
一副肝胆照后人。

忠骨成灰温大地，
英名化雷泣鬼神。

青史永铭一生事，
始知天下有完人。

1977 年 1 月 7 日

## 四十书怀

不惑之年矣，回眸事杂陈。
泪花连脚步，风雨度青春。
杯举邀明月，衷情献此身。
但求征雁远，甘作打鱼人。

1977 年 8 月 16 日

## 渔家傲·庆国庆（二首）

### （一）

万众欢腾迎十一，歌潮人海旗林立。火树银花天美极。除四贼，江山即改周期律。

遐想广寒宫此日，正逢主席巡天毕。开慧笑迎热泪滴。谈今昔，放心观剧消闲逸。

### （二）

廿八年来风浪急，降龙伏虎全无敌。自力更生开伟业。凭群力，日新月异呈奇迹。

横扫阴霾征战激，抓纲治国频传捷。壮志凌云争朝夕。鹏飞翼，巨人挥手东方立。

1977 年国庆前夕

## 秋 色 赋

朝阳似火兮,普照八荒。
晨起登车兮,颇觉秋凉。
放眼窗外兮,心广体胖(pán,舒坦也)。
路旁景色兮,犹似画廊。
枫叶如丹兮,尽染松冈。
秋水如镜兮,倒映红妆。
雪裹棉铃兮,金翻稻粱。
橘绿橙黄兮,菱脆藕香。
红旗招展兮,战歌飞扬。
车轮滚滚兮,秋收正忙。
渔歌唱晚兮,鱼虾满舱。
抚今思昔兮,一载沧桑。
王张江姚兮,四人黑帮。
逆流而动兮,必遭灭亡。
历史巨轮兮,螳臂岂当?
古今通理兮,岂可不详?

1977年10月写于赴武汉途中

**南通任教**

## 1984 年

### 转 移

人生禁得几多磨，五载蹉跎苦若何。
科院调函成废纸，农师助力变南柯。
诗泉枯涸歌喉裂，马背骑弯痼疾驮。
留别悲鸿泥爪印，吟鞭东指下江①波。

1984 年 5 月

注 ① 下江：武汉人称长江下游为"下江"。

# 1985 年

## 晚会献词

满座师生俱粲然,迎新除旧喜无前。
苦寒赢得梅香溢,深夜常偕蜡炬燃。
响鼓何须重槌打,良驹不必更挥鞭。
新年共唱迎新曲,试看雄鹰上九天。

1985 年元旦

## 五四青年节联欢会

正是飞花舞絮时,满园生发绿新枝。
曲曲轻歌抒壮志,笺笺尺素写新诗。
两年寒暑一瞬过,一样甘苦两心知。
永忆今宵欢庆会,试看良骏待奔驰。

1985 年 5 月 3 日晚

## 一剪梅·校庆

三十峥嵘岁月稠,几度寒秋,几度金秋。金纱金线织金绸,出自南通,遍及神州。

学子莘莘喜聚头,故地重游,却似初游。请君更上一层楼,独领潮流,方显风流。

1987 年 9 月

## 满庭芳·元旦

豆蔻年华,峥嵘岁月,平添多少风流。东风吹遍,改革创新猷。两个文明齐建,花万朵,开遍神州。迎新岁,联谊会上,歌舞荡悠悠。

何求?唯祝愿,青春更美,获奖丰收。争作

潮头立,放响歌喉。识得山高水远,谈改革,方有筹谋。金秋后,同酬壮志,共上一层楼。

1988 年元旦

## 诉衷情·七一

当年革命处低潮,入党把头抛。而今血性何在?党内众英豪。

兴改革,挽狂涛,镇魔妖。一身正气,两袖清风,志比天高。

1988 年 7 月 1 日

## 南歌子·艺术节

艺海珠光闪,书苑翰墨香。弦歌曲曲竞悠扬。经纬文坛惊喜读华章。

彩笔描秋色,金梭织锦装。千红万紫吐芬芳。不愧英雄多出少年郎。

1988 年 10 月

注 这首词写成条幅后参加了江苏工程职业技术学院首届艺术节书画展。

# 1989 年

## 五 一

丽人何必添脂粉,佳节无须应景文。
五一欣逢何所忆,至今犹忆王铁人。

1989 年 5 月 1 日

## 春 游

麦海碧波接天涯,菜花烘日香万家。
园丁常爱谈桃李,纺校游人话桑麻。

1989 年 5 月 3 日

## 五四运动七十周年

七十年前呼号声,长萦耳际警钟鸣。
中华奋起多良策,德赛①为师我为生。

1989 年 5 月 4 日

注 ① 德赛:德(democracy),民主;赛(science),科学。

五四时期提出的"德先生"和"赛先生"的口号，在今天仍有现实意义。民主与科学仍是经济和社会发展的两个车轮。

## 国庆十年历

当年国庆十周年，初到京华喜气燃。
火树银花遮夜月，广场欢舞晃如船。

国庆廿年军营过，革心洗面史无前。
秋风秋雨忙秋种，老九挥汗臭熏天。

三十大庆未大庆，万朵礼花放心田。
个个求知如饿虎，齐奔四化共加鞭。

四十欣逢雨后妍，赤旗招展艳阳天。
征途幸有南针引，四柱擎天不可颠。

1989 年 10 月 1 日

# 1990年

## 送徐一琳①老师退休

徐老欣传欲挂鞭,满园花木共流连。
高风已绿青春树,细雨犹浇智慧田。
笔底多姿留墨迹,江山尽染写华笺。
劝君莫道桑榆晚,喜看红霞尚满天。

1990年1月14日

注 ① 徐一琳:江苏苏州人,1929年生,复旦大学毕业,江苏工程职业技术学院经济管理专业高级讲师,曾任校党委委员。擅长书画,为江苏省老年书画联谊会(现江苏省老年书画研究会)和中国老年书画联谊会(现中国老年书画研究会)会员,作品曾多次参加市、省及国家级书画展并获奖。

## 迎新献词

扬鞭催马越过了万里征程,
侧耳细听听见了九一年的钟声。
辞旧迎新每每激起滚滚诗情,
今朝更感到诗情澎湃与深沉。

我们绕过了激流险滩,
我们重振了万马千军。
四海高奏起"七五"的凯歌,
一个更美的蓝图在中南海诞生。

风云变幻,中国的夜空依然群星灿烂,
那面漫卷西风的红旗在高高飘扬。
一个时代的奇迹正拔地而起,
社会主义中国巍然屹立在世界东方。

这是地球上一座雄伟的大厦,
任它风狂雨暴,我自固若金汤。
因为它有四根现代化的顶梁柱,
每根梁柱都赛过优质的锰钢。

赤子之心燃烧着一团团信念之火,
特殊材料筑起了一座座战斗碉堡。
任凭钢弹糖弹,我们决不动摇,
我们铁了心走社会主义阳关大道。

我们的事业恰似黄河入海流,
它要转过九千九百九十九道弯,
还要穿过九千九百九十九座山,
它一心向海,它不入大海心不甘。

我们的工作是百年大计的根本，
它与红色江山、绿色家园紧相连。
为了这千里之行的第一步，
让我们把全部心血献给九一年。

让九一年的光荣继续对你开放，
让金秋的硕果挂满你的树梢。
让健康之神来当你的卫士，
让我们更加接近一流学校的目标。

扬鞭催马越过了万里征程，
侧耳细听听见了九一年的钟声。
辞旧迎新每每激起滚滚诗情，
让我把这首小诗献给诸君。

1990年除夕

## 水调歌头·中秋（步东坡韵）

　　明月今无有，心曲入云天。吴刚醉看云下，笑问是何年。我告双逢佳节，又值喜逢亚运，秋夜自无寒。玉兔穿花影，脉脉望人间。

　　观千阁，望万户，尽无眠。银花火树，华夏

儿女庆团圆。更喜同窗重聚,共叙深情厚谊,何必苦求全?相约三年后,再聚赏婵娟。

1990年中秋国庆

## 1991年

## 送大儿平平入学

送儿赴上海,升学做新生。浩浩长江水,悠悠父子情。
高考诚如铁,一卷定终身。同窗分手处,差之仅几分。
谁言终身定,全在谱新篇。百折不夺志,行程万里船。
我儿品德纯,此去亦当心。闹市须求静,洋气莫浸淫。
守纪如守节,尊师如尊亲。养成好习惯,便是自由人。
国事须关心,爱国是灵魂。应知天地宽,何处无风云。
集体须关心,同学手足情。只要能奉献,事事都先行。
专业是本领,愈钻爱愈深。打下好基础,高峰自可登。
欲成大事业,身体是本钱。闻鸡当起舞,日日自加鞭。
浩浩长江水,悠悠父子情。万言凝一句:品学俱优生。

1991年8月

## 纺校恋

月光洒满了宁静的校园,
金风飘来了桂花的幽香。
琴弦和心弦一起拨动,
我们相会在联欢会上。

有一位同学分配在远方,
此时他正在他的办公桌旁。
他仰望着秋夜如水的明月,
深情地写下了下面的诗章。

多少亲切的面孔在我眼前闪现,
多少激动的话语在我胸中回荡。
那两年的纺校学习生活啊,
它多么令人眷恋和难忘。

每当我一人坐在办公室里,
我就想起教室里的明亮灯光。
每当我人生中遇到难题时,
我多么希望母校的老师在我身旁。

那纯洁真挚的师生友谊,
那紧张有节奏的生活乐章,

那献身未来事业的美好理想,
那科学技术的知识海洋。

那严肃而活跃的课堂,
那如饥似渴的求知欲望,
那为了真理而面红耳赤的争论,
那课后亲如手足的倾心交谈。

那充满谐趣的野餐,
那富有诗意的联欢,
那球场上龙腾虎跃的奔跑,
那狼山上海阔天空的风光。

那卓有见解的实习报告,
那字字珠玑的毕业赠言,
那车站上依依惜别的眼泪,
此时还落在我这首诗的诗行。

月光洒满了宁静的校园,
金风飘来了桂花的幽香。
琴弦和心弦一起拨动,
啊,难忘今宵联欢会上。

1991 年 10 月

## 1992 年

## 在全校迎评估创重点大会上的演讲

今年早春二三月,
春寒料峭雨霏霏,
天公有意不作美,
风风雨雨春难归。
可是在咱们纺校里,
迎春花开满了校园,
开满了纺校人的心扉。

早在那冰天雪地里,
校领导就传来了春消息:
评估工作要提前把战鼓擂。
真是春江水暖鸭先知啊,
弄潮儿的目光最敏锐。
我们的校长和党委,
要把我们带成一支国家队。

自从爆竹声声辞旧岁,
祖国遍地春风吹。
春风来自总设计师,
他的讲话似春雷;
春风来自中南海,
巨幅蓝图在描绘。
改革开放春潮涌,
祖国跨上骏马飞。

再看咱们纺校里,
你看春光多明媚:
春蚕在吐丝,
春泥护花蕾,
春风化春雨,
春草报春晖,
黄莺在歌唱,
春燕展翅飞。
纺校的一花一草啊,
都在为迎评估增辉。
真是东方风来满眼春啊,
"纺校之春"——好一台
迎评估的交响音乐会。

自从开了誓师会，
战鼓咚咚军号吹。
全军将士齐奋发，
厉兵秣马作战备。
第一炮——朱志伯老师
率领一支代表队，
参加全省电脑知识大奖赛，
捧回了金光闪闪的"康丽杯"。
捷报传来人心振，
赛出了志气，赛出了军威。
辛勤的汗水浇出了光荣花，
光荣花，当之无愧属于他。

自从开了誓师会，
人人献出了力量和智慧。
有的献计献策提建议，
有的捐赠了人民币，
有的捐赠了自己的藏书，
有的设法创收增实惠，
有的准备暑假来加班，
再看看他的作品美不美。
更有广大师生们，
苦功练在课堂内。

每一页教案，每一节课，
心血付出多几倍。
多少老师和同学们，
工作学习再苦也不叫累。
纺校啊，为了你，
哪怕消得人憔悴，
衣带渐宽终不悔。

评估雄关真如铁，
热血化作打铁锤。
人生能有几回搏？
机遇一去不复回。
评估指标要吃透，
0.01分都珍贵。
软指标，下硬功，
每一场统考，每一场比赛，
力争要夺魁。

天从不负有心人，
评估将树里程碑。
待到桂花飘香时，
丰收的美酒令人醉。
纺校成了重点校，

心花伴着彩旗飞。

我们将高唱祝酒歌，

高举迎创杯，

欢呼啊，雀跃啊，

来开庆功会。

1992年4月

## 江南秋

1992年10月31日乘火车从宁赴沪，经苏州郊外，临窗眺望，欣然命笔。

黛瓦粉墙小阁楼，清溪摇橹载谷舟。

黄金万顷刚收下，又播天堂晚色秋。

## 夕 阳

1992年11月1日从沪返通，近港时，正夕阳西下，观之随笔。

船后江鸥舞，余晖浪上驰。

愿君多极目，惜取夕阳时。

## 迎全班同学

当我从蔡老师手中接过接力棒,
我心中就跳动着四十八颗心房。
那第一次见面的张张笑脸,
包含着多少热情的期望。

多谢造物主把我们聚集到江海之畔,
好像那群雁落到晚霞映红的沙滩。
真是江南江北皆春水啊,
今天的聚餐就饱含着家乡的风光。

有什么比这最后的学生时代更可贵?
有什么比同窗的友情更叫人难忘?
它好像是秋夜的明月,春天的太阳,
又好像在狼山上拥抱那滔滔大江。

我们的身上激荡着青春的热血,
我们保留着童年时梦一般的幻想。
我们共同沐浴着党的阳光,
我们共同遨游在知识的海洋。

我们的专业是通向世界的桥梁,
我们的理想是编织美丽的春光。

让历史记下这九二年隆重的一笔，
让我们在九三年扬起远航的风帆。

1992 年 12 月

1994 年

### 江南麦收小景

麦垄金黄布谷鸣，农家户户响镰声。
连枷即在田头打，更见村姑送乳婴。

1994 年 5 月 28 日无锡—南京火车上所见

### 送全班同学毕业

此别"睿斋"教学楼①，勇投商海竞龙舟。
愿君不坠青云志，自有高山伴水流。

1994 年 6 月 28 日

注 ①"睿斋"教学楼是笔者以其创始人张睿先生之名命名也。

# 1995年

## 读易海云①同志《踏歌行》

故人赠我《踏歌行》,化雨春风无限情。
久别重逢新旧作,见诗见影见歌声。

百曲清歌李杜吟,满腔豪气陆苏心。
尝求励志诗词选,不必天涯远水寻。

遍采神州风物新,一诗一景一丹青。
新歌多唱弄潮曲,鞭挞鼠狐神鬼惊。

闻鸡起舞弄清影,秉烛挥毫请品茗。
再过十年三月二,来京拜祝老诗星。

1995年2月16日

注 ① 易海云:1934年生,湖南长沙人。曾任北京市海淀区文化局副局长、中共海淀区委宣传部副部长,组建区文联并兼任区文联主席,后任区书法家协会主席、北京诗词学会副会长、香山诗社社长。著有诗集《踏歌行》《长天云海路漫漫》,诗论集《中国诗歌向何处去》,散文集《海淀杂记》《云海春鸿集》,老子研究专著《老子通读》等。

# 参观周总理纪念馆

1995年5月29日去苏北查看学生实习途中在淮安独自参观了周总理纪念馆。

## 骨灰盒

周恩来的骨灰盒系用颐和园一张坏八仙桌改制成。邓颖超去世后，也用了这个骨灰盒。

祖国森林难再生，不敷总理骨灰盛？

一盒两用何曾见？灰洒盒空永满情。

## 国产车

周恩来是第一个乘国产红旗小轿车的人。红旗车一造出来，他就将其定为自己的用车。工作人员说："红旗车刚刚研制出来，各方面性能还不稳定，是否等产品定型后再说？"他笑着说："我是试用，不保险才试用，保险了还谈什么试用？我坐上了，可以促进他们改进，促进我们民族工业发展。我坐了红旗车，就是为他们做广告。"后来国家进口了一批高级奔驰车，有人提出给总理配一辆。他严肃地说："那个奔驰车谁喜欢谁坐去，我不喜欢，我就坐红旗车。"就这样，他的红旗轿车一直用到临终。（参见王惠民主编《老一代革命家风范300例》，东北工学院出版社1991年版）

莫非总理怕浸淫？竖子岂知公仆①心。

开国元勋皆节俭，几朝未过即如今。

注 ① 馆中有根雕"公仆"二字，寓意尤深。

## 告 别

一片青荷出水萍，池边垂钓数年轻。

空中不见鸟飞过，唯听杜鹃啼几声。

注 也许时值夏收大忙季节，参观者无几。但我以为，周总理纪念馆位于淮安，乃是江苏人民，尤其是领导干部进行教育的得天独厚的资源优势。

## 第十个教师节喜赋

三月春光九月迎，满园硕果满园情。

讲台擎起千秋业，粉笔绘成七色屏。

蜡炬一支千滴泪，碧桃万树一根萦。

常思从教何为乐，雏凤清于老凤声。

1995年9月10日

# 1996 年

## 悼苏来琪同志

刚送生离又死别,令人何以不悲情?
君今自此泉台去,冥路遥遥请慢行。

男儿六十本当退,退而未休竟永眠。
真谓一生皆苦累,无分案首与炉前。

桃李栽培数十春,诲人不倦见精神。
常将心血当油点,引炬添薪照后尘。

同住新村视线牵,提篮沽酒乐如仙。
爱开玩笑风生趣,敬一支烟便改弦。

满堂痛彻中梁折,慈母娇妻哭若何?
天若有情天亦哭,号啕大雨正滂沱。

挥泪继承未竟志,且磨遗墨写新篇。
同心再创辉煌日,列报佳音君像前。

1996 年 7 月 4 日

## 哀思邓大姐

哀思邓大姐,始信有完人。
何说无儿女,吾侪即子孙。

1996 年 10 月

**退休以后**

1997 年

## 挂 鞭 吟

屈指挂鞭在眼前,心中如拨五琴弦。
已将心血和汤煮,更把汗珠同药煎。
引烛燃光千盏照,吐丝作茧万重缠。
宜将航舵随心转,不负此生之晚年。

1997 年 7 月 10 日

## 读《香山诗社吟唱集》

十年苦笔耕，功不负诸君。
俊逸还吾老①，清新数海云。

人老心弥壮，诗多意更真。
神州多此唱，少误几多人。

八秩高龄矣，神清握指针。
风烟鸣一笛，警醒抵万金。

吴兄执五鞭，痛鞑鼠心穿。
君看江南草②，烧荒已数年。

白头立岸边，应晓弄潮船。
日出多朝雾，升平有不平。

写诗须我友，无友不成诗。
分我悲欢日，愁心明月时。

梦求诗之美，有道诗如人。
子美成诗圣，赖闻疾苦声。

十年酬唱集,再度十年春。
白发掺乌发,长征自有人。

讲台舌燥频,半为买油银。
来去匆匆客,怀抱五味瓶。

一轴品茶吟③,天涯胜比邻。
洞庭波涌起,入梦总回京。

1997年12月

注 ①还吾老:张还吾,原香山诗社社长,时年80多岁。有诗云:"海淀风烟里,中关闹市村。冰心自尘外,天籁入诗魂。"
②江南草:指1984年江南诗词学会创办的《江南诗词》杂志。
③品茶吟:指海云赠我的诗轴:"儿时听惯采茶歌,南国茶香入梦多。争赞西湖龙井好,心中遥泛洞庭波。"(见后面的《咏海云书法》)

# 1998年

## 致谭政民老师

南国珠玑烁海天,大鹏飞去翮弥坚。
"华夏"①幸得如椽笔,装点校园分外妍。

育才贵用诗书画,执教宜怀翰墨香。
安得马前充一卒,为君做伴好还乡。

1998年10月

注 ①"华夏":珠海的一所私立学校。

**谭政民简介:**

谭政民,1928年生,斋名怀芬室、抱明轩。现为中华诗词学会会员、中国书法家协会江苏分会会员、南通市书法家协会顾问,曾历任中国楹联学会江苏分会常务理事、南通市书法家协会理事、海安书画院副院长、江海印社副社长、海安老干部诗书画研究会副会长等职。在书法方面,幼承家教,受祖、父两辈书艺熏陶,并从家藏丰富的古字画、碑帖中汲取营养。在读中学、大学阶段,每逢寒暑假回家,辄置身书斋,闭门不出,流连于碑帖、卷轴之间,临摹研习,严寒酷暑不辍,并以此为乐事。楷法晋唐;行草宗二王、怀素;隶临张迁、石门;篆习毛鼎、散盘;印章上远追秦汉古玺,近取明清诸家。广收博采,取精用宏,故其自制引首章曰"多师"。对书法、篆刻坚持在继承传统的坚实基础上力求创新,突出个性,故能自成风格。行、草、篆、隶俱能,并颇具特色。其书法、篆刻、诗词作品曾多次在省级以上报刊发表并展览,入选河南翰园碑林、四川太白碑林、云南石林碑林、广西玉林碑林、福建东峰碑林等刻石,同时被福建郑成功纪念馆、四川大禹纪念馆、江苏柳亚子纪念馆等多处纪念堂馆收藏,还曾经选送去日本及东南亚各国参展交流。传略辑入《中国现代书法界人名辞典》《中国美术书法界名人名作博览》《当代中国书法艺术大成》等。

## 1999年

## 浙 江 行

浙江多山水,同游山水间。青山美如髻,绿水碧如蓝。
水清清彻底,泉水水流潺。稻香如金桂,打谷在田间。

西湖比西子,雨湖胜晴湖。来游正遇雨,山色有还无。
湖边人如织,湖上船如梭。特去岳王庙,爱憎心更殊。

有湖名千岛,千岛乃群山。截江修电站,平地起波澜。
沉沉夜色里,船上且用餐。谁知一上岸,游客遇凶残①。

回首大慈岩,心惊胆亦寒。索道悬空上,峭壁走泥丸。
头上巨石挂,脚下是深渊。山下泉声静,林间鸟不喧。

1999年10月2日至5日

注 ① 遇凶残:指一次歹徒殴打游客的事件。

## 2000年

### 喜得故人书赠绝句,次韵奉和

旧岁已随流水去,新春倍觉一身轻。
有心重把画图展,似听新苗破土声。

2000年元月

**附:易海云同志原诗**

旧纪已随千浪尽,东风又鼓一帆轻。
江山待展才人笔,听唱千年第一声。

### 送小儿凡凡赴深圳工作

七载离家七载行，未同此日远离情。
南山飞度男儿志，粤海泛波父母睛。
花乱何妨人眼冷，路遥但见马蹄轻。
愿儿不坠青云志，展翅高飞振翮鸣。

2000年7月8日

### 中秋二首

漫步中秋夕，落霞飞满天。
彩虹相对映，欲待月儿圆。

平生深爱月，望月总神驰。
月下飞心镜，衷情诉月知。

2000年9月12日（中秋节）

## 2001 年

### 建党八十周年有感

八十年来无限事,最高莫过自强身。
强身贵在南针引,时念万千英烈人。

2001 年 7 月 1 日

### 读海云两本诗集并贺乔迁

难得诗情涌似泉,海云大作出新篇。
清歌唱出三千曲,丽句求精半百年。
浓墨欣题屯佃画,退居乐种永丰田①。
更期椽笔干千象,咏史歌今不挂鞭。

2001 年 12 月

注 ① 屯佃、永丰均为北京西郊的居民区。

### 读白居易《长恨歌》

既怜炭贱意难平,何苦讴歌杨李情?
从此盛衰成拐点,隆基重色祸根生。

### 读岳飞词《小重山》

痴心爱国《小重山》,千里江山入梦还。
一部偏安沦陷史,因何豢养此多奸?

### 读郑板桥《渔家》

衙斋难得访渔船,亲到垂杨古道边。
何不登船烧一苇,共谋柴火起炊烟。

2003 年

### 夕 阳 赞

洒向云天都是爱,红霞万朵夕阳情。
夕阳一点如红豆,最是人间重晚晴。

2003 年 6 月

## 记我国首次载人航天成功

一箭腾飞载客船,万家梦绕夜无眠。
晨空一伞悠悠下,已把风流写满天。

天上人间喜泪弹,歌声唱彻月儿欢。
嫦娥展袖频招手,但待神舟到广寒。

2003 年 10 月 16 日

# 2004 年

## 哭姨母

奔丧心急如飞梭,姨母遗容知若何?
儿时待我亲如子,诀别谈孙祝福多。
曾记铁肩能挑担,病入沉疴苦折磨。
今丧姨母如丧母,令我怎不泪滂沱!

2004 年 3 月 6 日

## 浣溪沙·参观《神州花韵》全国城市市花书画展

难得诗书画俱佳,百城争艳展奇葩,无边香气溢天涯。细品画间神韵笔,饥肠辘辘不还家①,心灵看得美如花。

2004年6月17日

注 ① 此为书画展在南通展出的最后一日,下午即转苏州,故中午看得"饥肠辘辘不还家"。

## 念奴娇·第一次乘家乡火车

登车归去,正遍地、稻浪金翻秋色。红瓦小楼鳞栉比,向后如驹驰隙。红叶如丹,池塘似镜,映照飞鹰翮。沿途如画,车中人在游历。

遥想就读当年,每逢寒暑,节省求舟楫。绿水悠悠,芦苇岸,怕扰群鸥栖息①。今昔沧桑,宏图展、似此巨龙腾翼。正遐思际,一声终到鸣笛。

2004年8月25日

注 ① 解放初的内河小轮船,俗称"机器快",声音很响,故"怕扰群鸥栖息"。

## 十年重聚首
### ——记1992级外经班毕业十年回校

分别十年重聚首，大江潮涌叙深情。
南通正演三重唱，母校张张笑脸迎。

分别十年别梦寻，同窗两载结同心。
勤学苦练英语角，流利会话老外惊。

分别十年话目前，一帆风正日中天。
外经外贸显身手，橘绿橙黄一样甜。

分别十年相见欢，欢声笑语总难完。
一年好景君须记，最是金秋人月圆。

分别十年庆重逢，老夫有幸会群雄。
鬓霜尽染心未已，弄墨弄孙一老童。

分别十年求友声，初交怎比故人情。
人生难得是知己，喜看诸君结伴行。

2004年9月25日

## 聚首吟
### ——记南通中学1958届高三（一）班聚会

阔别重逢喜泪涟，梦回四十六年前。
秋霜未改春风面，不看华颠俱少年。

故园一派秋光好，老干新枝叶更茏。
旧景不知何处去，荷花池水泛心中。

座谈往事似云烟，多有酸咸苦辣甜。
幸得晚霞烘落日，千金难买子孙贤。

出身岂可选投胎，历史常将玩笑开。
度尽劫波兄弟在，相逢一叙遣悲怀。

把酒持螯庆重逢，欢声笑语乐无穷。
更逢几位古稀寿，寿宴摆来母校中。

东出校门结伴行，北濠河水故人情。
争赞名师名校好，诚恒二字导航明。

并肩携手到濠西，合影何羞零距离。
夕照朱颜情未了，镜头远近总相宜。

金风玉露笛声悠,月下濠河共泛舟。
两岸灯光如柳色,六桥穿过画中游。

远上军山景点新,飞流直下引诸君。
笑谈老去开怀事,最是故乡会故人。

驱车送别到濠东,西望夕阳别样红。
执手叮咛多保重,相期常聚《友声》中。

2004 年 11 月

## 赠李德充同学

七秩芳辰至,梅花绽笑颜。
同窗灯影下,分食耳房间。
一别天地隔,重逢人月圆。
隆冬温膝暖,薄暮救心安[①]。
失伴相依女,知音盼续弦。
且斟增寿酒,活似小神仙。

2004 年 11 月

注 ①"温膝暖"与"救心安"指德充赠我的护膝和救心丸。

## 西江月·和海云《忆旧》

曾读《清河访旧》,同怀直至如今。放翁老有沈园吟,谁说痴情太甚。

红豆花开几许,白头情侣难寻。宜将诗稿付高岑,云海春鸿交枕。

2004年12月

**附:易海云《西江月·忆旧》**

四十年前一别,相思直到如今。少年吟复白头吟。何事痴情太甚。

纵使心头拂去,难禁梦里相寻。忍将红豆葬高岑,誓荐来生衾枕。

## 2005年

## 送《友声》给汉培、学橙

故人庭院蜡梅开,挥别正逢冷雨来。
油然记起苏公句[①],任尔风吹到老衰。

2005年春节前

注 ①"苏公句"指苏轼《定风波·莫听穿林打叶声》中"一蓑烟雨任平生"。

## 《千手观音》赞

春晚登场多似林,一枝独秀数《观音》。
失聪何以多聪慧,有志方知强者心。

2005 年春节

## 正月初五作

爆竹声中火药闻,全城鼎沸抢财神。
财神笑向豪楼去,今日患贫谁患均?

2005 年正月初五

## 孙家湾矿难

大地微微暖气吹,民心又受一沉锤。
可怜老母妻儿泪,生死存亡关系谁?

2005 年正月初六

## 浣溪沙 · 元宵忆旧

红小灯笼挂在天,家家火把舞田边,归来火上烤麻团。
灯下看球人散尽,桥头伫立语缠绵,朦胧圆月照无眠。

2005 年元宵

注　上阕为儿时家乡元宵夜;下阕为1959年元宵在南通。

## 早 春

劝君二月少骂天,乍暖还寒本自然。
不打几番拉锯仗,哪来春意到君前。

## 春 晨

闻莺弄墨习王书,起舞田边沐露珠。
喜看春风勤创作,一天一幅柳丝图。

## 弄 孙

范曾爱画叟童图,我作祖孙同喂雏。
同看庭中柿子树,抽芽不惜老枝枯。

房内迷藏捉笑仙,路旁膝下手相牵。
人生总有舒心日,不在青春在晚年。

## 探 病

蹬车赴院强登楼,老眼迎风涕泪流。
但愿人人心眼好,五官五脏有龙头。

## 惜 春

鸟语花香足可珍，桃红柳绿总宜人。
人间毕竟春光美，莫负韶华第二春。

## 江 边

久违春水两相忧，同步悠悠入海流。
都有清心通脉志，青山留住应能酬。

## 卸 任[①]

连任再延终变更，平生始觉一身轻。
无边春意怜幽草，一片枫林映晚晴。
古镇组游学子气，病房问暖故人情。
七年甘苦随风去，勉作从军一老兵。

2005 年 4 月

注 ① 卸任：指卸去离退休人员党支部书记一职。

## 遇 雨

贪读书城未计辰,黑云翻墨起飞尘。
来时晴日归时雨,脸似孩儿正是春。

雷声渐杳且徐行,一路轻歌伴雨声。
曾阅飙风狂啸者,任凭骤雨打余生。

## 满江红·保钓[①]

东海扬波,钓鱼岛,岿然队列。鲸吞去,扩张沿海,野心若揭。蟹裔横忘祖鉴,虾夷[②]反跳寻终灭。正扬幡,拜鬼叫阴魂,玩威慑。

疆土事,燃眉睫;血火史,铭心骨。望江山万里,正伤瓯缺。四海惊涛怀宝岛,九州怒火烧顽孽。驾巨轮,依托网恢恢,强渔猎。

2005 年春

注 ① 此词写成条幅后参加了南通市老干部纪念中国人民抗日战争胜利六十周年书画展。
② 虾夷:日本北海道的古称,此处泛指日本。

## 送徐春贵[①]回荆州

一别三年重晤面,儿时旧事涌如潮。
层峦叠映漳河水,多梦常回立发桥[②]。
金匙纵因千误失,朱颜莫为片愁凋。
蓝图宜绘超凡景,莲叶清于美女蕉。

2005 年 4 月 19 日

注 ① 徐春贵:小学同学。
② 立发桥为笔者襁褓之地。

## 谢朱明华宴请河豚席并雨中游江堤

十叟相邀往踏春,明华忙煞一家人。
一席食遍江河海,赖有艺高心细臣。

驱车堤上雨倾盆,柳岸江村水墨痕。
霹雳雷声声渐杳,此游亦似吃河豚。

2005 年 4 月 30 日

## 咏仙人掌

一冬窗下忍饥肠,掌萎肢残仍首昂。
一息尚存终不死,春深犹着两花黄。

## 咏海云书法（步原韵）

笔如流水水如歌，每引琴声入耳多。
尤喜虬龙飞纵笔，尾摇碧海泛清波。

故人赠我少游歌①，墨点无多泪点多。
苏子钟情书扇面，诗书连骨水连波。

温泉松月听弦歌，虎落平冈卧地多。
劲笔雄书生死句②，引来慧眼送秋波。

注 ① 少游歌：指秦观（少游）的《踏莎行·郴州旅舍》。
② 生死句：指孟子的"生于忧患，死于安乐"。

**附：海云书赠茶叶诗**

儿时听惯采茶歌，南国茶香入梦多。
争赞西湖龙井好，心中遥泛洞庭波。

## 小满即景

青黄相间待夏收，老妇开镰割穗头。
邻垄厂房拔地起，本畦蔬菜绿油油。

## 题毕业二十年回校学生通讯录

同窗相聚忆当年,万语千言话梦牵。
二十年来风雨过,月儿还是聚时圆。

2005 年 6 月 10 日

## 赠毕业二十年回校学生

曾阅文章始识君,每临答辩忆华文。
相逢如见中天日,更待佳音处处闻。

## 中秋望月

穷忙未见月穿林,及至团圆夜已深。
举首中天凝望久,相知相伴到西沉。

## 教师之歌

有人把你比作一支点燃的蜡烛,
用自己的燃烧把别人的前程照亮。
可哪里知道你深夜备课的时候,
闪耀的是案头和心头两支烛光。

有人把你比作吐丝不尽的春蚕,
用自己的牺牲制成了轻柔的衣衫。
可哪里知道蚕农为了孵出蚕宝宝,
用自己的体温抵御了料峭的春寒。

有人把你比作辛勤的园丁,
培育了花朵,又培育了栋梁。
可哪里知道喷壶里浇出的是心血,
苗圃里沐浴的是我们党的阳光。

有人把你比作人类灵魂工程师,
这崇高的桂冠世界上还有谁能戴上。
可哪里知道这称呼不是因为你的职业,
而是因为你有着纯洁而博大的胸膛。

有人把你比作粉笔和黑板擦,
写出的是示范,擦去的是肮脏。
可哪里知道你做的是最大的除旧立新,
这就是学生的成才、祖国的富强。

所有这些赞誉,你都说不敢当。
你还是你——人民教师的形象。
你懂得教育者必须首先受教育,
你懂得人类灵魂工程师称号的分量。

你决心要在课堂上四季春风荡漾,
你决心要在育人中更加诲人不倦,
你决心要在实践中带领学生劈波斩浪,
你决心要在教师丰碑上刻上新的辉煌。

啊,一年一度的秋风又吹来了教师节,
学生们已用激情点燃了晚会的烛光。
你也更加拨亮了心头那盏明灯,
和学生一起在节日的晚会上放声歌唱。

2005 年 8 月 26 日

## 弄孙（之二）

怀中指认字,陌上放风筝。
手拨摇篮唱,阳台听雨声。

## 祖孙同看神舟六号回家

孙儿坐在祖膝上,两位伯伯从天降。
小手忙把拇指竖,回头连说棒棒棒。

## 海安如皋一日游

### 参观苏中七战七捷纪念馆①

秋收遍地泛金黄,红色旅游回故乡。
七战枪声犹在耳,英雄热血涌胸膛。

注 ① 苏中七战七捷纪念馆在海安。

### 游如皋水绘园

曲径回廊丹桂香,小楼修竹映池塘。
争相合照千年柏,戏说董姬与冒郎①。

注 ①指董小宛与冒辟疆的爱情故事。

### 看花木大世界

盆栽花木似琳琅,万紫千红胜春光。
买得杜鹃和白菊,欲知何样待秋霜。

## 答 海 云

### 诤 友

人云远水难浇渴,我信天涯胜比邻。
一晌长途评指点,始教愚弟识迷津。

### 改 诗

曾记高才经典句：最难诗要自家删[1]。
人间但有删诗志，换骨脱胎更换颜。

注 ① 聂绀弩自寿诗《六十》有"此六十年无限事，最难诗要自家删"之句。

### 闻母校北农大[1]百年校庆

乍见荧屏喜讯传，思源百感若悬川。
望儿山下望儿母，知否么儿亦望穿。

注 ① 北农大（现中国农业大学）校址在北京西郊望儿山下。

### 移 居

曾敢攀登选六楼，深深印足九春秋。
晨光偏爱临窗早，炎夏登楼汗自流。

楼市遭逢浅水滩，挂牌半载未开盘。
债台高筑心悬胆，八卦炉中历炼丹。

一辆单车脚下蹬，半根扁担后边横。
书刊衣物随车走，蚂蚁搬家不计程。

敝庐何必费豪材，陋室奢求习字台。
旧柜装书堪可用，阳台便是养心斋。

2005 年 10 月

## 金沙行

十月下旬小阳春，万里晴空无片云。
十余翁媪应友约，同往金沙逛一程。
宽阔平坦大马路，整齐清洁卫生城。
徐德曹博周家鼎，三位老友远相迎。
一年不见如久别，开怀畅叙别后情。
先入陵园作凭吊，烈士遗志永继承。
陵园一片深秋景，黄菊傲霜松柏青。
塔尖浩气冲霄汉，塔后背景血染成。
登车前去啤酒厂，大富豪牌久负名。
科技创新竞争力，强强联合巧经营。
信步来到老广场，"江海之光"浮雕屏。
以前虽曾观光过，今日同游倍觉亲。
通州风物雕壁上，鲁班塑像赞铁军。
纺车曾是传家宝，水车引人说童年。
三位老友情难却，中午聚餐设盛筵。
席上共饮陈年酒，老友陈酒更香醇。
想起相知半世纪，举杯同庆五十春。

风风雨雨烟云过，母校之春最温馨。
五十年前同入校，首次作文记犹新。
家鼎取材大衣镜，镜前遐想出奇文。
餐后家鼎开义诊，详问细听老友心。
友声一句三春暖，医嘱一言九鼎铭。
出门正见新市府，巍巍豪府竞争先。
漫步金光世纪道，合影"江海明珠"前。
乘车特往"安康"去，看望徐德老母亲。
老母今年百有二，看似八十才挂零。
精神矍铄谈吐健，十八罗汉故事新。
平日尚能接电话，上下楼梯脚步轻。
今日早知我等到，嘱儿带酒宴嘉宾。
长寿首要心肠好，老母所言是真经。
争相合影沾福气，共祝寿星更延龄。
亦赞徐德夫妇俩，爱母如婴尽孝心。
众想多谈又怕久，告辞老母话寿星。
多元函数解长寿，心态平和数首因。
侃谈不觉天将晚，西望落霞正晚晴。
握手依依挥手别，多谢故人款待情。
但愿我等常相聚，不负友谊五十春。
更愿我等人长久，待携美酒拜寿星。

2005年11月26日（农历十月二十五）

## 蝶恋花

谢姚华同志赠阅平潮中学1955届校友回母校活动专辑并就教于平中诸老

《母子情吟》声未老,字里行间,人物知多少。莫道重逢俱翁媪,杯盘狼藉人称道。

心底伤痕①何日了?才子多情,多为才情恼。耄耋之年不崇巧,刍荛敢献薪传草。

2005年12月

注 ①心底伤痕:指该校几位老师当年被打成右派分子。

## 读姚华老师《心花一束》①

心花朵朵溢心香,离合悲欢意俱长。
更见心花园外景,穿林拂叶播芬芳。

流水淙淙②悦耳闻,芙蓉出水③不沾裙。
一词如血残阳句④,胜却百篇鏖战文。

注 ①《心花一束》乃姚华同志毕业50周年回母校活动所写的一组诗词。姚华老师,为江苏工程职业技术学院语文高级讲师,工诗词。
②《心花一束》中有"流水淙淙"句。
③李白:"清水出芙蓉,天然去雕饰。"
④毛泽东:"苍山如海,残阳如血。"

## 2006 年

### 湖边垂钓

田中湖水水中天,湖水中央野鸭眠。
半晌不摇鱼竿影,悠悠湖水灌心田。

### 悼吴凤山①同志

噩耗掀翻脑海波,寒风吹雨打心窝。
骑车每赴四楼②会,相见长谈五内疴。
寄语深情温后代,陈词慷慨斥贪魔。
平生最重身心正,留得音容作楷模。

2005 年 12 月 29 日

注 ① 吴凤山:江苏工程职业技术学院原副校长。
② 四楼:江苏工程职业技术学院离退休人员党支部过组织生活的地方。

## 游甪直

知我跨江游古镇,无声夜雨浥轻尘。
船头日出江花上,窗外车行一路春。

三步两桥廊下街,隔溪闹市古玩斋。
东吴银杏唐罗汉,代出才人第一阶。

一书<sup>①</sup>在手袖余香,览迹寻踪步画廊。
似有断层欣有继,同游多是小儿郎。

2006 年 3 月 18 日

注 ① 一书:指《甪直名人》。该书未收录新中国成立后出生的中壮年名人,故似有断层。

## 扫姨母墓

碧波浩荡春如海,新屋成排柳似烟。
无限追思如昨梦,心香纸烛点坟前。

## 守母病吟

万恶癌魔欲断肠,生离死别几时长?
寒风吹雨犹吹泪,步履蹒跚踏水塘。

无意西医选切肠,嘱儿上网涉重洋。
化疗中药如牵手,黑夜盲行见曙光。

大年三十日西斜,街上行人俱返家。
觅购消癌扶正片,好趁新春早祛邪。

一夜寒风卷雪吹,千村万户白须眉。
无边雪景诚堪赏,如画如诗不遣悲。

四夜无眠起五更,清晨咳嗽两三声。
问儿昨夜知寒否,母看华颠仍似婴。

稻草烧锅苦矣哉,一锅冷水半天开。
手端开水床前立,强作笑颜不露哀。

元宵立发桥头月,月下烟花有与无?
慈母今宵思子切,引来喷嚏似连珠。

前来书店把书抄，遍找药疗与食疗。
倘若书山藏秘籍，我为神斧弟为刀。

铁面春寒何料峭，麻虾细雨打缁衣。
书城整日寻方剂，直至老妻呼手机。

诊治何能百里遥，全家陪母上平潮。
肿瘤院内名家断，一路春风送化疗。

回家见母起徘徊，久雨初晴天眼开。
天若有情怜赤子，人间何必惧生癌。

恰似儿时放纸鹞，孙儿放线我来摇。
举头又晤春风面，便引忧愁上碧霄。

闻母病危心似焚，登车忍睹日沉云。
床前反哺葡萄脯，一夜惊情减几分。

往事如烟偏苦忆，精神似健与儿谈。
儿知谈忆如抢救，录下传家宝二三。

最忆只身千里奔，为儿两度带孙孙。
春晨夏夜冬阳下，臂作摇篮腿作墩。

疏松老骨似葵桩,一跌成瘫雪复霜。
百里寻医求续断,谁知多难又多殃。

入秋反脸天如火,骨瘦如柴身似焚。
恨不勇投深井去,打来凉水换敷勤。

日日愁肠夜夜心,端盆喂食换衣衾。
常言久病无孝子,恐是未知《游子吟》①。

七秩欣逢未举杯,晚生本已备佳醅。
阎王敬有古稀子,缓令无常带母回。

四邻来探馈赠频,感母关怀胜远亲。
宁缩三年饥馑食,不亏儿女与芳邻。

嘱儿归去放宽心,好歹随它任降临。
宁忍千般磨难苦,病残交迫不呻吟。

问讯归来噩讯传,生离死别迫眉燃。
长呼短吸皆微弱,滴水不沾能几天?

当机立转外房间,呼取全家见母颜。
忍看安然合上眼,一时脑际空如删。

守灵三日母身边，再伴知寒几夜眠。
再看慈容多一眼，泪流不止涌如泉。

哀乐声声痛别情，孝衣跪伏放悲声。
支书邻里齐相送，灵车稻花香里行。

火化炉前告别间，呼天抢地喊妈还。
骨灰手捧如山重，归见空床泪欲潸。

九泉追梦苦难寻，瑶岛三千雾霭沉。
思母跛行移寸步，搀扶作伴有谁任？

慈母英灵护我行，春晖秋月照余生。
弄孙更应勤培育，弄墨还期老更成。

悲哀莫过儿丧母，哀则无文唱拙音。
待把诗魂陪母葬，后当无泪莫沉吟。

2006年1月17日至10月3日

注 ① 指唐代孟郊《游子吟》末两句"谁言寸草心，报得三春晖"。意为母恩谁能报得完，何言"久病床前无孝子"。

## 外孙王卯①二十岁有赠

华佗帐下几重关,灯火阑珊见玉颜。
他日杏林成博后,医愚恐比治癌难。

2006年6月

注 ①王卯:南京医科大学中西医结合专业本硕连读学生。

## 喜得孙女有作

呱呱坠地哭声传,祖国女儿添一员。
心想事成头一次,弄璋弄瓦①两齐全。

2006年8月11日

注 ①弄璋弄瓦:古人把璋(一种玉器)给男孩玩,故生男孩叫弄璋;把瓦(一种原始的纺锤)给女孩玩,故生女孩叫弄瓦。

## 七十初度

行年七十未从心①,难识洪波浅与深。
纵有风华堪赞许,岂无愧怍可思寻?
人书俱老耕荒砚,境界维艰恋苦吟。
但得青山红一角,何愁日落不熔金!②

2006年8月26日

注 ①《论语·为政》有"七十而从心所欲,不逾矩"句。

② 李清照晚年作《永遇乐·落日熔金》:"落日熔金,暮云合璧,人在何处?"这里反其意而用之。

此诗参加首届全国中老年散文诗歌创作大赛获诗歌篇二等奖,编入线装书局出版的《放歌夕阳》一书。

## 闻李德充三女儿咏梅去世①(二首)

### (一)

担忧何日有心惊,噩耗传来老泪横。
初遇唐闸熟面似,始牵市府故人迎。
侬偎膝下慈父爱,择偶心中大姐情。
稀古二翁相慰藉,节哀节喜且偕行。

注 ① 咏梅因患脑瘤,久治无效,于2006年9月2日在医院去世,年仅44岁。

### (二)

处处悲欢离合事,家家一本难念经。
最伤挚友老丧子,如此天公何不平!

2006年9月

## 破阵子·红军长征胜利70周年

血染湘江呐喊,身陷草地无声。万水千山连一线,织就红旗与五星。山河共永恒。

莫道长征远去，白头尚有征程。整我衣衫征宿敌，识我征途步履轻，跻身做散兵①。

2006 年 10 月

注　① 散兵：我自知半路出家，难成正果，只能在门外做散兵游勇而已。

## 看杨玉华①老师画展

寄情花鸟寄砚池，霜后秋深写竹枝。
但得画魂萦画骨②，此中幅幅可飞驰。

2006 年 11 月 17 日

注　① 杨玉华：江苏工程职业技术学院机电系制图老师，已退休。② "但得画魂萦画骨"句借用湖南美术出版社 1984 年出版的《范曾画集·自序》中"以诗为魂，以书为骨"一句。

## 致 2006 年初冬老同学聚会未得至者

每逢聚会倍思亲，此日重逢少一人。
天若有情终会晤，百年校庆共迎春①。

2006 年 12 月 16 日

注　① 江苏省南通中学百年校庆要到 2009 年 3 月 14 日。

## 有感于我与诺贝尔奖

泱泱大国岂无缘?鼓鼓囊中岂缺钱?
恐是浮名尘上日,谁甘板凳冷十年?

2007年1月8日

## 读方弢①老师《泥爪集》

捧读鸿篇恨太迟②,今生险失拜名师。
高山俯首怜新草,大海扬波济浅池。
信手拈来经史集,挥毫而就赋诗词。
杏坛他日传佳话,梓里③神交未识时。

命蹇不究天眼盲,劫波殇影④两茫茫⑤。
文章自古憎亨达⑥,造化于今喜反常。
向日临风师老子,吹灯掩卷笑江郎⑦。
更期椽笔干千象,劳遗新吟⑧共品尝。

2007年2月12日

注 ① 方弢：1930 年生，海安人。从教于平潮、五接、薛窑等中学，为薛窑中学副校长，江苏省中学语文特级教师，全国教育系统劳动模范。工古文诗词。
② 恨太迟：《泥爪集》30 余万言，成书于 1999 年庆贺方老师从教 40 周年暨 70 寿辰时，我于 7 年后才读到。该书乃方老师诗文别集，另有语文教学专著。
③ 梓里：故乡。方老师与我同乡，他家住李堡，我家住立发桥，相距仅 40 余里。
④ 劫波殇影：1974 年方老师 44 岁时，7 岁独子惨死于拖拉机轮下。其时他正于"文革"中蒙难。
⑤ 两茫茫：借用苏轼《江城子·乙卯正月二十日夜记梦》中"十年生死两茫茫"句。
⑥ 化用杜甫《天末怀李白》中"文章憎命达，魑魅喜人过"诗句。
⑦ 江郎：南朝的江淹，年老后写的诗文大不如前，人道"江郎才尽"。
⑧ 劳遗新吟：请赠予新作。上次方老师给我的和词中有"闲来且遗新吟草"之嘱。遗（wèi），赠予。

## 江边行①

小桥流水变荒丘，沟壑纵横砌景楼。
酒后牢骚防肺炸，劝君放眼大江流。

2007 年 2 月 26 日

注 ① 正月初九（2 月 26 日）我偕老同学一行到杜汉培家祝贺乔迁之喜，饭后到江边，见原人家均已拆迁，正修建南通园艺博览园。

## 雨中寄物致友人

策马武昌驰转京,鱼传尺素鸭传鸣。
雨飞冀北春天树①,驿寄江东旧雨②情。

2007年3月1日

注 ① 化用杜甫《春日忆李白》"渭北春天树,江东日暮云"诗句。
② 旧雨:指故人。杜甫《秋述》:"秋,杜子卧病长安旅次,多雨生鱼,青苔及榻,常时车马之客,旧雨来,今雨不来。"(从前下雨天客人还来,如今下雨天客人都不来了。)后来人们借"旧雨"指故人,"今雨"指新交。

## 呈范伯群老师

《友声》第5期编好后,我和戴炳泉同学都想请陈云同学寄一本给范伯群老师审阅,因为这一期陈云的文章中谈到了他与范老师的交往,勾起了我们对范老师更多的思念。陈云很快与范老师联系上了,请范老师在方便时来南通一游,或我们去苏州一见。我欣喜若狂,即把此喜讯告知其他同学,并用两个清晨写成拙诗一首,寄给了范老师,请他指正。

喜闻指日见恩师,五十余年恨太迟。
桃李花开春暖日,老生聆謦夕晖时。
濠河水上抒豪兴,拙政园中改拙诗。
鹈鴂勿鸣芳百草,羲和弭节远崦嵫。①

2007年4月12日

注 ① 尾联句意出自屈原《离骚》"吾令羲和弭节兮,望崦嵫而勿迫"(我叫羲和停下车子,不让太阳靠近那落太阳的地方——崦嵫山)和"恐鹈鴂之先鸣兮,使夫百草为之不芳"(我怕杜鹃啼叫得早了,百草开花最美的时节很快就会过去)。我用此句意,祝愿范老师健康长寿。鲁迅先生曾集"望崦嵫而勿迫""恐鹈鴂之先鸣"二句为联,书于书屋内以自勉。

## 初读范伯群教授《中国近现代通俗文学史》

文学生态似天成,另翼招来始可腾。
踏遍青山寻轨迹,翻穿黄海①觅波痕。
图文巨制开新宇,学术精神照后生。
布鼓雷门②何斗胆,只缘梦里忆师深。

2007年5月5日

注 ① 黄海:故纸、旧书色皆黄。全书插图俱为黄色,葆其现存之本色也。
②《汉书·王尊传》:"毋持布鼓过雷门。"布鼓,谓以布为鼓,无声也;雷门,古会稽城门,有大鼓,越人击之,声闻洛阳。后人用"布鼓雷门"喻在高手面前卖弄小技。

## 知范老师蒙难感赋

　　范老师大作《我的青春,我的梦》中"无言独上西楼"一句,巧引自南唐李后主词《乌夜啼》:"无言独上西楼,月如钩。寂寞梧桐深院锁清秋。"我在此亦用此词意感赋。

　　　　独上西楼锁影投,初传弟子引遨游。
　　　　弯弯寒月勾思绪,朗朗书声暖笔头。
　　　　风雨如磐成炼狱,文章似锦竞风流。
　　　　才华为母勤为父,造就名家壮志酬。


## 咏范教授手笔和书法

　　　　放马三千里,驰驱五十年。
　　　　掌心遥控按,绕梦到跟前。

　　　　神来信手拈,比兴胜诗篇。
　　　　妙语连珠落,芙蓉出水边。

　　　　健笔何曾见,稀翁若少年。
　　　　行间驰骏马,字里出清泉。

　　　　纵笔虬龙舞,抛钩上九天。
　　　　相邀来共赏,心画动心弦。

　　　　　　　　　　2007 年 6 月

## 6月18日过长江喜见苏通大桥合龙

一线长穿雾霭边,斜拉立柱刺云天。
滔滔江水争相告,来看天工巧手连。

2007年6月18日

## 酬杨鸿逵同学专文忆旧

大河已过万重山,五十三年不变颜。
断壁名园①怀国恨,温泉病院探余艰。
命途多舛源同出,蜡炬成灰泪共潸。
莫道梦残魂也去,笔端流水正潺潺。

2007年7月8日

注 ① 断壁名园:指圆明园遗址。

## 读朱明华同学感叹文

人生甘苦几如兄?踏遍崎岖步坦平。
江打滩头芦苇起,山从脚下乱石生。①
镜中泪眼成前梦,膝下欢颜乐晚晴。
齿缺无妨傲骨在,愿君越活越年轻。

2007年8月20日

注 ① 芦苇滩,明华干苦活的地方。乱石,极"左"的跳梁小丑们。

## 母逝一周年祭

去年今日晨,母逝如灯熄。
从此空母爱,心中常戚戚。

此次归来急,正遇台风袭。
暴雨打单衣,狂风令我栗。

诵念报恩经,心香燃腑壁。
慈母遗像前,鞠躬跪拜揖。

墓在稻香里,金黄稻谷粒。
雨中过坟前,忍看坟头寂。

唤父共餐饭,父在厨房泣。
父子同声悲,抱头泪沾臆。

入夜风雨声,无人问寒热。
欲邀母入梦,醒后模糊忆。

火车笛声鸣,犹忆母挥臂。
再与家乡别,临窗雨淅沥。

2007 年 9 月 19 日

### 喜看嫦娥一号奔月

千年秋月冷,今夜火升腾。
一箭蟾宫去,广寒作客人。

嫦娥忙起舞,丹桂一朝开。
碧海青天梦,家中阿妹来。

2007 年 10 月 25 日

## 2008 年

### 深圳行

小儿在深圳工作七八年,多次催我们前往,今得闲始赴深小住。

#### 不夜城

南通机场一轮月,深圳城中万点星。
灯似琉璃车似水,高楼林立伴冬青。

## 南 国 风

蔚蓝海岸椰风轩,芒果槟榔棕榈园。
各式花池灯影下,令人犹忆北濠村。①

注 ① 社区的花池灯,夜晚看去,很似南通濠河夏夜放的河灯。

## 古 榕 树

深圳多榕树,蔚蓝海岸社区有一古榕树,树龄已过150年。

新城难觅古城贤,却有虬髯过百年。
借问鹏城①谁告我,当年何处泊渔船?

注 ① 鹏城:深圳别称。深圳在三十多年前还是一片渔村,而现在发展成1000多万人口的大都市。

## 望 香 港

日照香江隔海看,紫荆花放展新颜。
不知当日何楼上,曾照小平盼港还。①

注 ① 小平同志说,香港回归后,他即使坐轮椅,也要到自己的土地——香港走一走。但未到回归之日即不幸去世了,这成了他一生最大的遗憾。

## 雪 灾 情

凌晨收听雪灾情,犹听民工潮涌声。
不到南方谋饭碗,何来风雪阻归程?

### 跑书城

席地抄诗夜幕围,霓虹遮月踏歌归。
神来得句心花放,便引诗情入梦飞。

### 元　旦

一路红旗电杆排,争芳斗艳杜鹃开。
全家欢看新年片,《集结号》声动魄来。

### 春　节

举杯祝福喜迎宾,年夜团圆倍觉亲。
不似南通鞭炮响,清晨马路满红尘。

### 元　宵

众人评品百家肴,百面灯谜挂树腰。
平日相逢多不识,今宵灯会却倾巢。

### 游世界之窗

环球一日览无遗,同此温凉尚可期。
模拟得来终觉小,胸中装下始相宜。

### 游小梅沙

环山抱海水连天,涟漪波光隐约船。
白浪卷来堆似雪,黄沙踏去软如绵。

## 示 儿

伏案三更寝太迟,年青谁复计超支?
故而提笔书经典:知止当于至善时①。

注 ① 书"知止不殆,止于至善"二句示儿。"知止不殆,可以长久",语出《老子·第四十四章》;"止于至善",语出《大学》,为儿母校东南大学校训。

## 归 途

朝辞深圳候机间,云海皑皑似雪山。
南国只知春意暖,不经冰雪不知寒。

2007 年 12 月 22 日至 2008 年 2 月 29 日

## 清 明

春风吹得百花开,桃李芬芳沃土栽。
只见莘莘学子队,正从烈士墓前来。

2008 年 4 月 5 日

## 汶川地震悲歌

### 心中泪

整日心中泪两行,一行感动一哀伤。
大灾大爱连天涌,举国驰援举国殇。

### 谭千秋

为师大爱不遗留，平日深藏心里头。
临难护生忘护己，讲台张臂铸千秋。

### 王毅

王毅行军似火燎，激流峭壁走山腰。
飞石连雨滂沱下，又见红军铁索桥。

### 乞丐

身瘫为丐一何穷，捐款箱前点点咚[①]。
大灾震得人皆善，天为惊心地动容。

注 ① 点点咚：倾碗中硬币之声。

### 天府

三年天府累三灾[①]，好似三刀捅我怀。
何日才知人法地，天灾始不惩人来。

注 ① 三灾：指2006年旱灾、2007年水灾、2008年特大地震。

## 看奥运会开幕式

千鼓齐鸣万缶歌,铺开长卷绘山河。
史诗诠释何为贵,一曲轻歌万籁和。

万国健儿谁领军?飞人点火步祥云。
百年一梦今宵聚,展尽风流举世闻。

2008 年 8 月 9 日

## 读海云怀旧文《青春逝水淡犹浓》

欲摘星辰上碧空,欲求诗偶世难逢。
西窗共唱成春梦,老去伤痕几日穷?

2008 年 8 月 16 日

## 次韵海云诗《古井微漪》

银河暗渡可天成,世上诗缘却断魂。
身痛岂知心痛隐,少年不谙老年真。

飘风暴雨有何温?何止一家垂泪痕?
我亦因之刀断水,眼中天地久沉昏[①]。

注 ① 末句借用聂绀弩《赠鲁迅》中"怯弱造物羞惭忙逃匿,

眼中天地久沉昏"一句。

又

青春什九梦难成,逝水滔滔涤客魂①。
幸得夕阳无限好,承欢膝下此情真。

清河雪后自常温,古井泉中印墨痕。
只愿微漪平已矣,落霞双鹜舞黄昏。

2008年8月25日

注 ① 涤客魂:季羡林在《我的怀旧观》中说:"古代希腊哲人说,悲剧能净化人们的灵魂。我看,怀旧也同样能净化人们的灵魂。"今日怀那暴雨飘风——"反右"和"文革"之旧,无可逃遁地要触及某人及一些人的灵魂。

**附:易海云诗《古井微漪》**

青春多梦梦难成,暴雨飘风黯客魂。
梦本荒唐何足忆?最难堪处梦还真。

当年旧梦已难温,逝水无情洗泪痕。
莫道此情常未已,淡烟疏柳近黄昏。

## 南通中学毕业五十周年感赋

青春怀梦入崇楼,秋雨春晖岁月稠。
翠柳莺啼同早读,古楸塔影映奔流。
荷池输出三江水,校训导航千里舟。
历尽劫波兄弟在,故园今作少年游。

2008 年 10 月

## 阅同届同学通讯录寄本魁①

同窗六载共归舟,一别参商五十秋。
通讯录中含感叹,互联网上见风流。
月球背影②连天壤③,宇宙洪荒待探求。
人到中秋情更迫,乡思直寄月明楼。

2008 年中秋

注 ① 陆本魁:江苏海安人,1941 年生,同乡同届同学,南京大学天文系毕业,中国科学院紫金山天文台前任台长,研究员、博士生导师,后任中科院人造卫星系统应用研究中心主任。

② 月球背影:在大学时,本魁寄我一张月球背影照片,与此次嫦娥一号所摄相似。

③ 天壤:我们所学专业及水平正有天壤之别。

## 通中毕业五十周年聚会（步汉培韵）

曾忆秋风雨打萍，同窗悲喜泪眶盈。
茫茫大海航标[①]引，处处浊泥荷柄擎。
晓日方长挥汗浴，夕阳苦短奋蹄耕。
古稀难见亦难别，相约再言眉寿[②]情。

注 ① 航标：通中校训"诚恒"二字可为我们的终生航标。
② 眉寿：八十岁为"眉寿"。

附：　　　　　通中毕业五十周年聚会吟
　　　　　　　　杜汉培

同窗身世各如萍，皓首相逢涕泪盈。
最忆通中慈母爱，更思荷叶雨天擎。
烟尘岁月浮云过，粉笔生涯敝舌耕[①]。
喜碰金杯酣畅叙，千言难尽故人情。

注 ① 敝舌耕：舌敝唇焦，舌头说破了，嘴唇说焦了；舌耕即指当教师。

## 赠李锦涛同学

五十年不见，一见如故。锦涛嘱我给他写一首李白诗，我却偷李写了一首自作诗。

愚弟学诗最喜唐，如来掌里[①]瞎雌黄。
而今白发三千丈，别梦依稀似个长[②]。

注 ① 鲁迅先生说："我以为一切好诗,到唐已被做完,此后倘非能翻出如来掌心之'齐天大圣',大可不必动手,然而言行不能一致,有时也诌几句,自省殊亦可笑。"(《鲁迅书信集·致杨霁云》)
② 李白《秋浦歌》："白发三千丈,缘愁似个长。"

## 慰 怀 歌

毕业五十周年回校,有当年因家庭出身未能升学者,有因不知何故而录取师专者,相见如故,感慨万端,欣喜之余,作顺口溜三段以慰远怀。

### (一)

五八年,八月一。回母校,门前立。等通知,无消息。未录取,忍饮泣。

回家转,披蓑笠。锤石子,抬瓦砾;开河道,服苦役。冰上走,朔风袭。

芦苇滩,留血迹。"文革"中,视为敌。小教员,清阶级。被开除,遣原籍。

挨拳脚,挨骂詈。唯成分,荒谬极。轻表现,轻才力。

### (二)

五八年,八月七。等保送,无消息。取师专,惊讶极。

论出身，属军烈；论成绩，老优级；论干部，有主席。两年间，疑团积。毕业时，才揭秘：

姜书记，摆宴席。"对不起，"手作揖，"只怪我，爱才急。看档案，细挑剔。

喜录取，九百七。咱师专，刚建立，生源好，首告捷。"

(三)

五十年，驹过隙。半世纪，悲喜集。经浩劫，长阅历。回母校，情更激。

话别情，话今昔。还童欢，寻足迹。释疑团，消嫌隙。那年头，风雨疾。

可如今，翻新页。祸与福，常相易。夕阳红，濠水碧。女儿红，孙绕膝。

伤梦远，追何益？舒胸怀，常走笔。同窗情，永相忆。

## 祝本校改革开放三十年展开幕

风起南行一老人，吹开僵瓣满园春。
杏坛拾级三连跳①，意匠铺图②百创新。
近海远洋③培水手，夭桃秾李捧花神④。
而今示范前茅列，更展高强引望尘。

注 ①三连跳：指江苏工程职业技术学院由普通中专升格为全国重点中专，又升格为职业技术学院。

②意匠铺图：意匠图，是纺织品设计管理的一个步骤。

③近海远洋：指江苏工程职业技术学院与澳大利亚的堪培拉大学合作办学。

④花神：神话说，花神司百花之命，桃李之命在于努力成才，竞吐芬芳。捧花神，指江苏工程职业技术学院学生在大赛中多次夺冠。

## 游杭州湾大桥

跨海穿湾看大桥，凌波西子更窈窕。
躬身①迎送轻车客，第一长桥②不觉遥。

2008年10月17日

注 ①躬身：大桥桥身弯曲呈S形，这是桥梁建筑学的需要，长桥反不觉长。

②第一长桥：杭州湾大桥全长36公里，为当时世界上最长的跨海大桥。

## 乌镇访茅盾故居

枕水人家石拱桥，儿时有志竟成豪①。
晚年犹赞家乡好，愧我当年欠读茅。②

2008年10月17日

注 ①故居内,中堂有一"有志竟成"的巨幅匾额。
②"晚年"句,指先生晚年所作《可爱的故乡》一文,被影印放大展于故居。

### 读海云《新千年集》并谢为拙著题签

　　难得诗泉胜井泉,七年泉涌领千年。
　　童心怀趣千般美,赤子寻芳百卉妍。
　　青草心逢三月雨,红荷影落五行笺。
　　相期重九登高处,再听诗人唱大千。

2008年12月

春草集续

2009年

### 菩萨蛮(二首)

　　家父92岁矣,大年三十突发脑梗住院。我旋于正月初一回家参加守护,历时月余,直至泪洒遗体。

### （一）中风

微风起自青萍足，中风起自身麻木。入夜血粘浆，清晨尿发黄。偏尝甘厚味，忘却粗茶贵。三九苦寒潮，老牛终伏槽。

### （二）护理

铁锅烧热粑才靠，父亲慈爱儿当孝。尽孝莫沽名，躬行亲子情。全瘫难自断，语謇难知半。顶破老头皮，尚期危转夷。

2009 年 2 月

## 送 鬼 神

迷信基因代代传，文明建设任松弦。
道场跪拜鸡争米，土庙焚烧楼化烟。
火葬归来重土葬，祖钱付去又僧钱。
春风寄语"零零后"，请送诸神上九天。

2009 年 3 月

## 喜看通中日晷揭幕

百年校庆何意深？但问通中日晷针。
春雨之中初识面，世间此物贵于金。

2009 年 3 月 12 日

## 阔别重逢范老师

2009年3月27日下午和晚上，在通同学到南通大厦见到了阔别五十年的范伯群老师，并共进晚餐。

霓虹灯影映钟楼，迎我师生故地游。
寻我青春寻我梦，春宵此刻正停留。

## 读李贵仁同志诗文集《闲聊》

温泉曩昔松间月，今照白头人独眠。
花甲党龄诠国史，金婚玉影释良缘。
满堂春色寒梅引，一卷新诗热血编。
从此黄河流不断，江东常梦晋祠前。

2009年4月22日

注 李贵仁，山西人，1931年生，中国人民大学毕业，曾任山西大学哲学系主任、太原师范专科学校（现太原师范学院）副校长等职。原为北京温泉结核病医院（今北京老年医院）病友，一别参商46年矣。

## 读《易海云诗词书法集》

万紫千红总是春,并非瘦硬独通神。
王颜二体谁兼得,当代京西有一人。

2009年6月7日

注 法国前总统希拉克喜爱中国书法,说杜甫有诗句"书贵瘦硬方通神"。

## 鹧鸪天·次韵和宋育东先生

南京航空航天大学宋育东先生赴台作环岛游,填《初访台湾》词三首赐示。贱其词意,奉和一首。

四海华人寄梦同,何时两岸醉春风。人心终使阋墙①倒,海水何能比血浓。

谋统一,必成功。千秋史册颂英雄。彼时台海升圆月,国庆毋忘告老翁。

2009年5月

注 ①阋(xì)墙:争斗。《诗经·小雅·常棣》中有"兄弟阋于墙",谓争斗于内。

附: **鹧鸪天·日月潭会高山族同胞**

宋育东

文武庙、玄奘寺、九族文化村等许多景点环湖分布,雾社抗日纪念碑也在潭的东北侧仁爱乡中。

欢聚何需省籍同，山胞陆客醉春风。龙船满座心胸敞，日月双潭情意浓。

多族舞，古贤功，丰碑枫谷颂英雄。慕名思见犹童子，遂愿而来已老翁。

## 次韵和方弢老师

骨瘦毛长仍识途，驰驱千里志如初。
闪光自有蹄痕在，有德之人何叹孤。

2009 年 7 月 23 日

注 《论语·里人》有"德不孤，必有邻"句。

## 沁园春·庆祝国庆六十周年

六秩芳辰，四海欢歌，万众举觞。喜五星同耀，珠玑怀抱；九州凤翥，兰蕙飘香。艺海飞舟，科峰探宝，奔月嫦娥播乐章。军威武，看雄鹰电掣，潜艇巡疆。

应知多难兴邦。赖几代英明稳指航。忆开天辟地，千秋功过；鼎新革故，卅载沧桑。齐奏和谐，深谋发展，特色中华国运昌。须时日，庆金瓯一统，狮舞龙骧。

2009 年 9 月

注　此词写成条幅后参加了"祖国万岁——庆祝建国六十周年南通市老干部书画作品展"。

**附：**　　　　　　　　**咏枥马**

方　弢

身在槽间志在途，蹄坚腿健意如初。

无能千里因栏在，马齿徒增任老孤。

## 故乡月

梓里今宵月，依依照我身。

拆迁终在即，他日照何人？

2009 年 9 月 26 日

## 游园博园（二首）

### 菊　展

新展焉何少旧香？旧年今日聚同窗。

游人赏尽凌霜骨，亦记元诗末两行。

注　唐·元稹《菊花》诗："秋丛绕舍似陶家，遍绕篱边日渐斜。不是花中偏爱菊，此花开尽更无花。"末尾两句韵味深长而易记。

### 龙爪岩灯塔示位标记

龙爪刻石铭雅篇,风霜雨雪几经年。
游人欲读字难辨,不爱文章单爱钱。

2009 年 10 月 4 日

注 南通园博园龙爪岩有长江第一灯塔,侧有示位标记刻石铭文,2003 年作。几经风雨,已斑驳陆离,此次建国六十大庆亦未予维修,游人欲读难辨,乃赋。

## 参观洋口港(二首)

(一)

百年深水无人识,此日虹桥入海怀。
精卫填成良港后,巨轮万点日边来。

(二)

勒石题名可伟哉,蛟龙舞尾浪花开。
如东自有大家在,应约雄书故里回。

2009 年 10 月 21 日

注 "洋口港"之名为大书法家王冬龄所题。王冬龄,1945 年12 月生,江苏如东马塘人,中国美术学院教授,博士生导师,中国书法家协会理事、浙江省书法家协会副主席。

## 十一月六日夜望星空

钱学森同志于 10 月 31 日逝世,遗体于 11 月 6 日火化。

借问银河不夜天,钱公归去可登仙?
斯人本是魁星降,再世尚须多少年?

2009 年 11 月 7 日

## 贺姚华老师七十寿辰

双星留影①芳辰日,飞雪迎春②祝嘏时。
犹忆同编枫叶集③,更欢会拜薛窑师。
旅欧放眼寻佳句,逛市随心得好诗④。
今日称觞斟寿酒,明朝漱玉⑤涌新词。

2009 年 11 月 18 日

注 ① 双星留影:学校给寿星夫妇拍的合影。
② 飞雪迎春:其实际生日在 2 月份。
③ 同编枫叶集:指姚老师夫妇和我同办的《枫林》小册子。
④ 见姚华《老龄晨曲》中的诗句:"一路踏歌捎菜归。"
⑤ 漱玉:李清照的词集名《漱玉词》,取济南漱玉泉意,后称女子诗词为漱玉诗词。

## 祝方弢老师八十寿辰

马年晦日小阳春①，太白庚星下俗尘。
数九寒冬封道路，烟花三月展经纶。
名师铸就丰碑伟，高足酿成寿酒醇。
若问天公掌何律，定酬自重自强人。

注 ① 晦日为月底，小阳春为农历十月。方老师的生日为农历十月三十日（1930 年 12 月 19 日生）。

## 闻王彭龄老师去世

本欲携书报好音，忽闻噩耗箭穿心。
恩师批改爱评甲，弟子遵行喜烁金。
分配他乡来往密，调回梓里忘年深。
老来应会须当会，莫悔故人无影寻。

2009 年 12 月 27 日

注 王彭龄，江苏海安人，1929 年生，苏北农学院毕业；曾任湖北五三农场和江苏沿江地区农科所农艺师；曾是我的小学老师。

## 次韵谢学友守桁为拙著题句

半亩荒田带月耕,归吟常断数须茎。
老来至爱唱酬乐,溢誉多缘学友情。

附: **喜读学友田松林《春草集》得句**
　　　　　单守桁
春草茵茵赖笔耕,行间畦里绽花茎。
田翁安得荷锄乐,句句心声字字情。

注　单守桁,与笔者为南通中学同届同学,时任学生会主席,后为南通市十五中副校长。工诗词联。

## 悼小岗村书记沈浩同志

天下闻名小岗村,"村官"却赖派员蹲。
甘将心血遗新塚,只为"乖乖听党言"。

　　　　　　　　　2010年1月7日

注　沈浩任期届满时,村民齐按手印挽留,而家中老母妻儿亦需照料。当此忠孝不能两全时,深明大义的九十高龄母亲嘱儿说:"乖乖,听党的话。"沈浩含泪双膝跪下,遂又赴任。老母此语,足可惊天地、泣鬼神。

## 咏 竹

寒竹萧萧正照人,凌霄冬笋早迎春。
虚心劲节强根柢,移入胸中化我身。

2010年1月8日

## 谢毕业生回校赠丝绵被

丝被轻轻含意重,寒冬衰体暖流生。
春蚕到死丝方尽,不尽鸿鹄反哺情。

2010年1月21日

## 冬日怀海云

常报京华积雪深,江东无刻不牵心。
喜从网上寻新作,逝水悠悠洗旧襟。

2010年1月21日

## 有感于我国几位数学家能诗

纵观科苑仰群雄,两种思维<sup>①</sup>兴益浓。
小数循环情不尽,黄金分割味无穷。
教鞭指处难题破,彩笔挥时对仗工。
解到方程惊世日,人生攀越几何峰。

2010年2月7日

注 数学大师,如华罗庚、苏步青、谷超豪、李大潜等,对旧体诗词都有深厚功底,都能诗。苏步青著有《苏步青业余诗词钞》。
① 两种思维:数学需要严谨的逻辑思维,诗词需要浪漫的形象思维,二者在数学大师身上相得益彰。

## 2010年春晚语言类节目观感
### (步杜牧《清明》诗韵)

惊闻网友议纷纷,老脸熟腔却少魂。
大腕如今皆大款,谁能贫嘴说贫村?

2010年2月16日(正月初三)晨

## 正月初五作

爆竹声声胜过年,财神菩萨乐无边。
雷鸣电闪倾盆雨,争把祈求告上天。

2010年2月18日(正月初五)

## 元宵偶读熊亨瀚烈士诗次韵

而今处处春如海,理应男儿国是家。
毋忘龙灯花鼓夜,忠魂挟剑走天涯。

2010 年 2 月 28 日

附: **客中过上元节**

熊亨瀚

大地春如海,男儿国是家。
龙灯花鼓夜,长剑走天涯。

(载萧三主编《革命烈士诗抄》,中国青年出版社 2004 年版)

## 慰 友 人

友人之子发生车祸,举家惄然,来信云:"时人不识余心苦。"无可释怀,聊以慰之。

祸福相依失马骝,时人谁识老心忧。
且将诗句还原出,与尔同销万古愁。

2010 年 3 月 2 日

附: **春日偶成**

〔北宋〕程颐

云淡风轻近午天,傍花随柳过前川。
时人不识余心乐,将谓偷闲学少年。

## 感 时

才见白宫乌脸翻,又闻楼下猫腻酣。
安能出鞘尚方剑,外刺强梁内惩贪。

2010 年 3 月 6 日

## 哀玉树

泪洒神州雨倾盆,雨丝如缟万千根。
山崩地裂情犹在,玉树擎天有国魂。

2010 年 4 月 21 日

## 游唐闸公园未名亭

啬公[①]未起名,且作聚翁亭。
浅草春风绿,华颠秃岭青。
香樟飘落叶[②],柳絮坠浮萍[③]。
相会还童趣,壶觞祝寿星。

2010 年 5 月 4 日

注 ① 啬公:张謇,字季直,号啬庵,后人称其啬公。
② 香樟独在暮春落叶,要等到嫩叶长翠了,黄叶才安然落去,故其常年郁郁葱葱。
③ 苏东坡《水龙吟》自注"杨花落水为浮萍,验之信然",恐无根据,不足为信。

## 武 汉 行

因姨侄结婚,偕妻回武汉一游,离别故地、调回南通已二十六年矣。

### 登 程
穿破云层上碧霄,滔滔云海却无涛。
斜阳夕照成仙境,天上人间并不遥。

### 迎 迓
晚辈驱车一路开,江城迎迓陌生来。
过桥正见黄鹤翅,灯海楼林如梦回。

### 婚 宴
全家喜聚乐开怀,哥嫂亦从加国回。
共祝新人情似海,洪湖鱼鸭慕名来。

### 三 姐 妹
亲如手足三姐妹,此日重逢喜泪横。
犹忆晴川童趣事,时钟不觉已三更。

### 户 部 巷
江城早点美名扬,户部巷①中鲜热香。
百样花名任君选,明清遗俗远流长。

注 ① 户部巷：原为黄鹤楼下一古巷，明清时户部驻省机构所在。小巷人家勤劳巧作，精烹细调，以鲜、香、快、热之汉味小吃，声名鹊起，经久不衰。如今楚风犹存，特色更显，各式花样早点，约有百种，食者称道，谓汉味第一。

## 黄鹤楼

别时重建此琼楼，二十六年春忽秋。
寻梦归来梦何在，笛声鹤影去悠悠。

## 又

江城追梦几经秋，梦断何能不泪流。
竖子①成名红发紫，祢生②魂绕鹦鹉洲。

注 ① 竖子：晋代阮籍说"时无英雄，遂使竖子成名"。
② 祢生：指三国时的祢衡，才华横溢，但恃才傲物，锋芒毕露，为江夏（今武昌）太守所杀，葬于鹦鹉洲，年仅 26 岁。

## 又

万古诗书收眼底，千秋往事注心头。
波涛荡涤天地憾，云雾散开今古愁。

## 社 区

莺啼百啭自谁家，夜雨初晴映早霞。
菜市门前腰鼓闹，江城五月落杨花。

### 大　桥

眼前黄鹤欲乘仙，脚下银河不夜天。
欲用天街描夜色，繁星万点伴游船。

### 东　湖

烟波浩渺气吞吴，翠柳长堤不姓苏。
遥想东坡若知楚，管将西子比东湖。

### 隧　道

已建多桥二水间，车船交会不相干。
神工又夺长江底，入地上天皆不难。

### 江　滩

昔日江边何所忆，今朝新景数江滩。
滨江偌大休闲处，黄浦外滩当赧颜。

### 酒　家

数上酒楼做嘉宾，武昌鱼美远扬名。
白云边①酒纵千盏，不及晚生尊老情。

注　① 白云边：出自李白诗："南湖秋水夜无烟，耐可乘流直上天。且就洞庭赊月色，将船买酒白云边。"此诗为李白陪客游洞庭所作，写于湖北松滋。

### 机　场

行李无多馈品多，弟兄送别到天河。
衷心祝愿人长久，何日重游唱酒歌。

### 归　途

挥别登机日渐斜，白云下面万千家。
五山①如髻江如带，同绽江城五月花。

2010 年 5 月 15 日至 25 日

注　① 五山：南通长江边的军、剑、狼、马鞍、黄泥五山。

### 赠幼儿园老师

俗谚莫当孩子王，既当师来又当娘。
参天大树思苗圃，万里征帆念起航。

2010 年 6 月 1 日儿童节

### 凡儿回

骄阳沽酒把儿迎，行李争提重若轻。
陋室晓谈师子贡①，冷房夜读慕真卿②。
远航顺道回乡泊，新品营销赴日行。
忙里三天唯恨短，雨中又见别离情。

2010 年 7 月 1 日至 3 日

注 ① 子贡：孔子学生，善辞令，善经商，富至千金。
② 真卿：颜真卿。凡儿喜爱书法。

### 幼儿园毕业典礼

四年心血同浇灌，今日花儿格外妍。
心愿放飞云外去，歌声令我倍流连。

2010 年 7 月 6 日

### 唐闸公园消夏

久寻消夏处，独上古园来。
绿树参天合，红荷映日开。
鸣蝉噪林径，野叟会亭台。
身置空调地，何云热也哉！

2010 年 7 月 25 日

### 大生码头吟

四字牌楼[①]上，百年风雨岚。
枢机动天地，衣被遍东南[②]。
实业一心醉，劲书双笔酣[③]。
重光遗址日[④]，同览共长谈。

2010 年 7 月 25 日

注 ① 四字牌楼：指大生集团门前沿河牌楼上书"大生马头"四字，为实业家张謇先生所题，不是"码头"，是"马头"，"马"字也只写了三点。
② 牌楼两边的对联："枢纽之发，动乎天地；衣被所及，遍我东南。"为翁同龢所撰写（落款"叔平翁同龢"，叔平为翁同龢的字）。翁同龢亦为状元公，不仅是张謇的老师，也是同治、光绪两位皇帝的老师，清代著名书法家。
③ 2010年6月12日为我国第五个"文化遗产日"，南通博物苑与常熟博物馆、翁同龢纪念馆在常熟联合举办了"翰墨飘香，师友情长"翁同龢、张謇书法精品联展，故曰"劲书双笔酬"。
④ 重光遗址日：南通市斥资5000万元于2010年秋开始实施"1895计划"，重整唐闸百年工业重镇，并准备申遗。

## 哀舟曲（二首）
——次韵和单守桁同志

### 其一

天地不仁灾未休，山洪又发泥石流。
千家灭顶人遭劫，万户夷平鬼见愁。
天降神兵开塞路，地驰铁马越城头。
白龙江水泪涛涌，九派唏嘘何解忧。

### 其二

童山濯濯求衣蔽,浊水滔滔诉怨尤。

人世几回伤往事,山形依旧枕石流。

哲人早诲①贪心死,科学新忧毁地休。

痛定常思有何策,专群结合乃良筹。

注 ① 哲人早诲:英国科学家霍金曾说过,人类太贪婪了,地球只能再存在200年。

附:

### 舟 曲 吟
——写在全国哀悼日

单守桁

### 其一

前岁汶川灾未休,今闻舟曲泥石流。

千村废圮九州恸,万户疮痍举国愁。

四面星驰奔陇上,八方急救到源头。

神州最有真情在,风雨同舟解困忧。

### 其二

青峦自古浓荫蔽,绿水原来清澈尤。

焚薮开荒过适度,崩崖滚石困中流。

三分天惠七人祸,万古桃源一旦休。

我劝诸公重算度,河山修理择良筹。

## 咏香樟

身在寻常百姓中,一年四季总葱茏。
生前身后香名在,樟木衣箱不怕虫。

## 咏紫薇

都赞岁寒松不凋,谁夸酷暑紫薇骄。
深红浅紫花千簇,愿伴人间共苦熬。

2010 年 9 月 16 日

## 满江红 · 再论保钓

2005 年春我填过一首《满江红·保钓》,故曰"再论"。

  碧海蓝天,钓鱼岛,忽传危急。舰船撞,渔民遭掳,主权遭击。四海风雷云水怒,五湖骇浪惊涛激。没奈何,还了我船民,荒唐极。

  中日美,三博弈;吾崛起,邻何敌。梦重蹈甲午,已非畴昔。与虎谋皮拼智勇,同狼共舞凭心力。问棋枰,何以胜终盘,需时日。

2010 年 9 月 29 日

## 咏桂花

阵阵幽香扑鼻来，浓浓清气沁心怀。
嫦娥二号今宵去，报与蟾宫一道开。

2010 年 10 月 3 日

## 谢八七劳资班同学赠紫砂杯

重逢已遂廿年愿，更送紫砂精且新。
杯上特镌留念字，品茗手捧自怀人。

2010 年 10 月 3 日

## 观尤无曲画展

素昧平生无曲老，细观画展即倾心。
寻常巷陌斜阳下，吹尽浮尘始到金。

二十多年解剖图，撄宁淡泊自甘隅。
此生画里寻真谛，湮没尘埃任有无。

画坛耄耋不为稀，攀上天梯却足奇。
水墨相融毋庸笔，云山烟雨总相宜。

雾气空蒙梦意浓，水光山色有无中。
江山如画心如画，人与自然原本同。

三上黄山喜画松，松姿亦与四时同。
雾松滴露芳春早，雪压虬枝看劲松。

利锁名缰洒脱空，甘居寂静万山中。
鸢飞鱼跃心相印，悟得天机道即通。

画作每成生妙思，自题一绝点睛诗。
诗情画意联袂出，一手行书随意驰。

绘事之余创曲园，曲园盆景展鸿篇。
丹青树石相滋养，灌溉扶持乐陶然。

诗书画印益高寿，心底平和身自轻。
丈二巨幛当日毕，谁知久与病魔争。

山高道远不停行，九七高龄尚笔耕。
留下流泉成绝笔，深山十里听泉声。

泉出通城引自豪，泉声远播接童谣。
愚生仰止画坛外，更鼓风帆趁晚潮。

2010 年 10 月 10 日

注　久与病魔争，从尤老之孙尤灿的文章始知，尤老身患糖尿病30余年，因肾癌切除一侧肾脏已过14年，故大器晚成是在与病魔的抗争中得来的。

## 远喜与近忧

正为智利历时69天成功解救33名铜矿工人欣喜之际，又闻河南平禹煤矿发生瓦斯爆炸，致使37名矿工遇难。

吟罢远邦思近土，张张黑脸现灯前。
世间何力牵煤运，人命孰能沐舜天。
避险设施无处有，权威队长几当先。
以人为本根深日，莫忘神州血泪篇。

2010年10月17日

## 赠钱伯章[①]同学

繁枝硕果见精神，独目胜于双目人。
击键韦编千绝册，焚膏油点五残身[②]。
故园秋景因增色，兄弟华颠可减银。
同望长江东入海，愿君怀抱一江春。

2010年10月22日

注　① 钱伯章：笔者的通中同届同学，科技情报专家。
② 五残身：指五次受伤，其中一次被摘去一只眼球。

## 观南通范氏诗文世家陈列馆

绵绵瓜瓞继风骚,此日濠滨①却寂寥。
万卷诗文夸岱岳②,千帧书画带垂髫③。
盛名偏重超而雅,高格何承婉且豪④。
时念师恩墨为乳,岂能漏校顾云璈⑤。

2010 年 10 月 30 日

注 ①濠滨:南通范氏诗文世家陈列馆位于东南濠河之滨,与人民公园九曲桥亭相望。

②岱岳:泰山。桥亭南面书有范曾撰的对联"笔底诗文原荦确,胸中岱泰亦峥嵘"。荦确,山多大石貌。

③垂髫:童子。范曾从小喜画童子百态。

④范曾素以北宋名臣范仲淹为先祖。范仲淹有两首名词《苏幕遮(碧云天,黄叶地)》和《渔家傲·秋思》,毛泽东同志认为其介于婉约与豪放之间,既苍凉又优美。

⑤南通中学八十周年校庆时,范曾作《牧归图》,并题"一九五〇年余入通中初一戊班,班主任顾云璈师与美术教师张子通诲我以法……"。但近《范曾自述》一书中,顾云璈误印成"顾云墩",未能校勘出来。

## 游通州江南大院

江南何处被冠名,人造风光何足倾。
万顷良田成大院,千秋功过有谁评。

2010 年 11 月 12 日

## 2011 年

## 深圳行(之二)

### 候 机

晨起南通雾里行,虹桥待到晚晴明。
落霞落日承陪我,欲起欲飞无限情。

### 机 上

空中寂寞若神仙,夕照镜湖何处边。
云海犹同香雪海,浪花万顷白如棉。

### 又

最奇天上日西沉,半边霞染半边阴。
恰如夸父追红日,忍看黄昏幕降临。

### 迎 迓

凡儿机场远相迎,跨海穿林越鹏城。
喜进新居眼前朗,窗明几净洗云程。

### 重　逢

红花绿树仍如前，一别三年几梦牵。
最是萦怀古榕树，别来无恙髯如鞭。

### 天　伦　乐

全家餐后赋清闲，孙女指挥演戏班。
鹰捉小鸡猫捉鼠，行人笑看老童顽。

### 圣　诞　节

红帽白须洋老人，儿童雀跃尾随身。
而今合璧西洋景，装点社区一片春。

### 迎新晚会

老年大学社区建，曼舞轻歌弄管弦。
泼墨挥毫何所乐，联欢晚会展华年。

### 家中看影片《唐山大地震》

天地视人如马牛，回眸三十四年头。
人间自有真情在，骨肉相连何计酬？

### 编家书

宁通鸿雁久传音，一本家书抵万金。
回首征程留足迹，凡儿手捧贴胸襟。

### 地铁通车

朗如秋月温如春,山海长廊任尔行。
忽听一翁抒感叹,不知不觉创新城。

### 游海上世界

白日斜阳山海天,波光涟漪打鱼船。
凤凰树下游人乐,坐放风筝舞翩跹。

### 游莲花山

攀登山顶谒小平,一派伟人风采迎。
手笔挥来成巨变,全家留影寄衷情。

### 游仙湖植物园

跃上葱茏揽古今,湖光山影相对吟。
若无平日奔波苦,哪有此时闲适心。

### 咏 地 砖

若问鹏城何至爱,我心直指万千砖。
质坚色美无瑕疵,民工入户在何年?

### 而立之年

三十功名堪自豪,彩云上有黑云飘。
春潮带雨新来急,今夏健儿谁领跑。

注 2010年是深圳经济特区建立30周年；2011年8月在深圳举办世界大学生运动会。

### 挂 牵
心挂两头犹似煎，魂牵梦绕日月悬。
春蚕到死丝方尽，蜡炬成灰仍复燃。

### 流 连
人生自古伤别离，摄下楼前喷水池。
孙女不知远离恨，依然肩上当牛骑。

### 话 别
家室朝辞惊梦乡，机场话别断愁肠。
雾霾半日终飞起，思绪三千比路长。

### 元 宵
举头天上看灯笼，遥想鹏城月色浓。
圆缺阴晴总关切，但祈四季舞春风。

2010年12月21日至2011年2月17日

## 东风第一枝·中国共产党九十华诞

椽笔雄书,鸿篇巨制,英雄史迹无数。近邀二百忠魂,荧屏笑颜如故。重游旧地,血沃处,火花银树。感江山如此沧桑,泪雨顿飞如注。

思往昔,几多险渡;瞻远景,太空漫步。五年发展宏图,百年复兴之路。民生国运、心头系,别无旁骛。夺蟠桃、寿母期颐,把酒再吟新赋。

2011 年 3 月 20 日

## 齐天乐·赠范伯群老师

刘郎先自吟秋赋①,吾师胜他无数。喜获丰收,兼忙下种,恰似农家秋圃。风霜妙手,正梳遍贤鹃②,更闻心语。两翼齐飞,共生一部古今著③。

曾经九秋夜雨,上西楼吊月④,心冷谁诉?朗朗书声,嗷嗷待哺,烘暖双肩双股。天仙作侣。此多梦青春,重情儿女,谱入琴弦,伴晨钟暮鼓。

注 ① 刘郎先自吟秋赋,指〔唐〕刘禹锡《秋词》:"自古逢秋悲寂寥,我言秋日胜春朝。晴空一鹤排云上,便引诗情到碧霄。"
② 梳遍贤鹃:指范老师校勘完苏州作家周瘦鹃的《周瘦鹃文集》。周瘦鹃,字国贤。

③ 写出了一部多元共生、古今演变的现代通俗文学史。
④ 吊月：向月而鸣的意思。此句源自〔唐〕李贺《宫娃歌》中"啼蛄吊月钩栏下"一句。

### 读张德清①《恐·望集》②

贤棣③当年志气豪，未名湖④水梦神交。
为师已遂三生愿，把笔犹观一线潮⑤。
时立报端⑥高炬引，盛开园里暗香飘。
羲和尚远崦嵫下，喜看江心第一艘。

2011 年 5 月 29 日

注 ① 张德清：南通中学 1958 届高三（2）班校友，南京师范大学中文系毕业，后为南通市委党校哲学教授。
②《恐·望集》：中国戏剧出版社出版，40 万字，取屈原《离骚》"恐鹈鴂之先鸣兮""望崦嵫而勿迫"二句的首字为名。
③ 贤棣：贤弟，德清比我小 1 岁。
④ 未名湖：北京大学的代称。当年德清曾有机会保送北大而未成，但仍神往。
⑤ 一线潮：农历八月十八，钱塘观潮，其中声势最大呈一字形者叫"一线潮"。
⑥ 时立报端：书中的文章大多在各种报刊上发表过。

## 永遇乐·送《通中人》会杜汉培

如隔三秋,通城离别,归送春雨。校友刊成,自当驿使,一路扬鞭去。拆迁农户,大兴土木,会展酒楼棋布。忆华年,嬉河戏水,大江哺汝为乳。

躬亲扫径,倚门而伫,过尽千帆皆误。喜聚华堂,倾谈肺腑,指点民间苦。随赠数卷,鸿篇佳什,丽句含英可咀。又挥别,楼旋路转,首回臂舞。

## 赠蒋治明

古楸难胜离人泪,江水易言挚友情。
塞外军营春色绘,姑苏府上爱心倾。
聪明至恋失聪子,多寿垂青多苦生。
才命从来两相负①,非常倜傥②亮征程。

注 ① 此句源自〔唐〕李商隐《有感》诗:"古来才命两相妨。"又,〔清〕纳兰性德《金缕曲·姜西溟言别赋此赠之》:"信古来、才命真相负。"
② 非常倜傥:源自〔汉〕司马迁《报任安书》:"古者富贵而名摩灭,不可胜记,唯倜傥非常之人称焉。"

## 贺新郎·赠戴炳泉

逝水留踪迹。忆当年，濠边合影，寺东筵席。饥馑三年人未夭，发了微躯痼疾。南雁叫，情何能抑。音断梦遥云水隔，未知兄、竟碰牛棚壁。言贾祸，侠心赤。

飘风暴雨难终日。沐春风，殊途返里，舌耕同邑。从此嘤嘤鸣不断，时聚南郊比翼。竹影里，风华如昔。笑不完人间蟊贼，到头来都付生花笔。鹄望汝，续新集。

## 如梦令·戏改李清照词以慰单守桁

前日下楼疏漏，令嫂跌伤秋柳。君道枕边人，"换了钢筋铁构"。"知否？知否？应是花肥枝瘦。"

## 谢刘锡鹏赠梅花照

故人大作映群芳，剪取东风第一香。
唯有梅花是知己，老来始悟此情长。

注　"只有梅花是知己"是鲁迅叔叔赠幼年鲁迅的印章文，见于"鲁迅的读书生活展"（南通）。

## 沁园春·赠马镜然

老马归来,诉我怡情,勉我健身。喜爱孙拔萃,兼修曰美;病魔宵遁,顿长精神。弄墨兰亭,垂纶濠畔,起舞文峰①犹洗尘。临风处,伴低吟浅唱,剪影芳群。

而今世面多闻。海内外,蜩螗②万事纭。看硝烟滚滚,怅无宁日;危楼岌岌,悯有贫民。怀抱江山,投枪狐鼠,诗化人生第二春。吾足矣,有渔翁共醉,师友为邻。

注 ① 文峰:指南通文峰公园。
② 蜩螗:蜩、螗,蝉的别名。《诗经·大雅·荡》中有"如蜩如螗,如沸如羹"一句。如蝉之噪,如汤之沸,即纷扰不宁的意思。

## 悼张炎同学

总盼南飞有雉临,谁知通话变遗音。
奈何人似风前烛,转瞬故人无处寻。

## 如此江山（齐天乐）·辛亥百年步秋瑾韵

　　鉴湖侠女吟愁赋，滔滔泪涛如雨。不惜千金，貂裘换酒，热血一腔如许。豪情倾诉。听夜夜龙泉，满腔民苦。按剑扬眉，百年杰出英才女。

　　同盟会，传武处。挟风雷，不料萧墙多故。血溅轩亭，魂归岳庙，唤醒黎元作主。苍天不瞽。看如此江山，几驱鞑虏。此去西泠，扫堆堆墓土。

附：　　　　　　如此江山
　　　　　　　　秋　瑾

　　萧斋谢女吟《愁赋》，潇潇滴檐剩雨。知己难逢，年光似瞬，双鬓飘零如许。愁情怕诉，算日暮穷途，此身独苦。世界凄凉，可怜生个凄凉女。

　　曰"归也"，归何处？猛回头，祖国鼾眠如故。外侮侵陵，内容腐败，没个英雄作主。天乎太瞽！看如此江山，忍归胡虏？豆剖瓜分，都为吾故土。

## 蝶恋花·赠八九外经班同学

　　记得当年雏凤小，才气过人，处处君行早。展翅高飞音渐杳，时光总爱催人老。

　　阔别廿年情未了，一夕重逢，畅叙征尘道。今日故园春意闹，明朝更把春来报。

2011 年 10 月 18 日

## 忆江南（十首）·游苏州东山

归来久，思绪总难收。走马观花唯一日，引来独倚望江楼。何日得重游。

雕楼美，自是富人家。木刻门窗含五福，砖雕墙壁透云霞。更刻一乌纱。

书法美①，惊见大家名。敬以持身宽及物，勤能补拙俭能廉。修德贵躬行。

秋山美，斜日照山坡。片片山林银杏树，株株黄橘满枝头。举手即收秋。

泥塑美，罕见紫金庵。十六金尊罗汉像，神情各异夺天仙。异彩近千年。

秋湖美，湖水已无忧。万顷波光收眼底，荻花深处泊渔舟。饮水作源头。

才人美②，辈出状元郎。昔是吴中三杰第，今为教授院士乡。好水润华章。

村庄美，难得古山村。风雨劫波千百度，遗风古韵幸犹存。访古惜贤人。

三岛美，飞架太湖桥。大道沿湖成捷径，银鱼山果设摊销。购物亦逍遥。

东山好，秋色已初谙。若得明年春意闹，苏通师友聚欢颜。把酒赋东山。

2011年10月28日游，11月16日作

注 ①书法美：其中有大书法家于右任写的抱柱楹联："敬以持己恕以及物，勤能补拙俭以养廉。"有大画家张大千写的横幅："修德砥行。"
② 才人美：江南古镇多俊彦。南宋词人叶梦得，哲宗朝进士，王鏊，明朝宰相，两人故里都在东山。叶梦得的后裔，英才辈出，故陆巷古村的门楼两旁书有对联："宰相状元进士第，教授博士院士乡。"

### 论：《忆江南》词牌的第三、四句要不要对仗？

白居易的《忆江南》是对仗的："日出江花红胜火，春来江水绿如蓝。能不忆江南？"李煜的《忆江南》是不对仗的："还似旧时游上苑，车如流水马如龙。花月正春风。"温庭筠的《忆江南》也是不对仗的："过尽千帆皆不是，斜晖脉脉水悠悠。肠断白蘋洲。"我从温李。

### 读汉培论史文有感

人面恰如天上月，笑迎总是清光澈。
假如背地起祸心，桂影婆娑亦难识。

2011 年 11 月 30 日

# 2012年

## 贺新郎·酬锡鹏制作贺年片见赠

火树腾飞翼。绽银花,乐翻幼子,亦欢耄耋。贺卡琳琅千百种,何及鹏兄一辑。游目处,山青江碧。禅院钟声祈福句;气球升,欲报春消息。唯特制,倍珍惜。

从来文理难双熠。数风流,还从母校老师中觅。楸塔参天鸣百鸟①,辈出科文彩笔。举巨擘,令尊其一。一阕清词遗墨在。②续家风,剪影成鸿集③。相识晚,寄心迹。

2012年1月11日

注 ① 2011年10月29日,1958届同学秋季聚会时,我把到校的时间记错了,通知9点半到校,我7点多就去了。因十字街那边地下工程久未竣工,我取道寺街、中学堂街——我是想寻找这地方留有的深深足迹。从老校门入,向门卫打了个招呼。门卫仅有一人,其他未见到一个师生。但古楸那边,各种各样的鸟叫声把我吸引到校园里。古楸和天宁寺塔上面,真是百鸟齐鸣,那个欢腾劲儿和悦耳叫声,是我们在校时从没有听到过的。我想,如果我来得更早些,那肯定会欣赏到一场美妙非凡的百鸟音乐会。鸟儿是最识风水宝地的,譬如有燕子来你家屋梁上筑巢,就说明你家火烛小心,水火平安。古楸、古塔就像两支文理兼优的大笔,哺育了一代代通中学子。我想起我们的体育老师王光庭的儿子所写的:"千百年来,古塔俯瞰和佑助着塔下代代人的成长,出了状元、武将、诗人、画家、科学家……"

② 举巨擘,……一阕清词遗墨在:刘锡鹏的父亲刘石生校长就是文理兼优的老师之一。例如他作并书的词《水调歌头》(载于通中80周年校庆纪念册),就是很合律合韵且有很高境界的佳作。

③ 剪影成鸿集:指锡鹏的多部摄影作品集。

## 参观故宫珍藏书画复制品展

养在深闺人未识,一朝出阁展花颜。
扫描技术乱真赝,观者如云饕餮餐。

唐宋元明多写真,清人亦与自然亲。
大千世界万般美,此日寻芳处处春。

白石齐璜虾蟹图,画成贵在点睛书。
江南水涸泥塘浊,看你横行几日无。

万壑松风堪国宝,泉鸣谷应水连珠。
今朝初启回归路,何日同观合璧图。

寥鱼孤鸟墨无多，剩水残山点几何。
八大山人深笔意，启功题句泪滂沱。

屈铁瘦金①书体奇，翰林花鸟亦珍稀。
何能雪尽靖康耻，岂赖芙蓉与锦鸡。

祭侄诔文和泪潜，鲁公刚烈拄其间。
展观卷尾收藏印，第二行书②耐雅玩。

天池③徐渭效张颠，泼墨挥毫满纸烟。
捭阖纵横呵一气，书成回首即神仙。

吴中综艺数徵明，八十叟书醉翁亭。
字字珠玑臻化境，唐人小楷愧先行。

告友携孙仰古贤，墨缘花影梦中牵。
晴窗一日百回读，搦管临池伴晚年。

2012年2月26日

注 ①屈铁瘦金：宋徽宗字体，所画《芙蓉锦鸡图》现藏于故宫博物院。

②第二行书：颜真卿《祭侄文稿》被称为"天下第二行书"。

③天池：徐渭，号"天池山人"。

## 清明回乡扫墓二首

### （一）

清明难得几天晴，独返家乡祭祖茔。
茂弟衷情呼手足，墓前同祷佑儿行。

### （二）

儿时麦浪影无踪，纵有菜花无土蜂。
路阔楼高风景异，桃花依旧笑春风。

2012 年 4 月 5 日（清明次日）

## 又抱一孙有作

香江春夜景何新，田力呱呱降俗尘。
母子辛劳身尚健，风驰喜讯报家人。

2012 年 4 月 19 日晨

## 南通之春

桃花隔岸映红颜，杨柳随风秀可餐。
才见樱花鸣得意，又观后起紫罗兰。

2012 年 4 月 20 日

## 桃源忆故人·赠八九会（2）班同学

　　黄梅时雨倾盆注，又似离人心诉。阔别廿年飞度，漫漫思君路。

　　而今重聚香如故，笑语泪花无数。相约此情长驻，一任群芳妒。

2012 年 7 月 16 日

## 酬锡鹏荷花睡莲照见赠二首

### 咏荷花

独爱芙蕖洁一身，污泥塘里出清纯。
如今浊水流成海，不染屐痕有几人？

### 咏睡莲

月色朦胧暑气熏，小池铺下碧罗裙。
诗人至此吟当止，岂可惊羞睡美人。

## 满江红·三论保钓

东海明珠,倭寇盗、更名"尖阁"①。今又演、公私授受,双簧闹剧。欲盖台前狼顾丑,弥彰幕后鲸吞恶。正点燃,怒火遍神州,焚膏药。

百年恨,谁忘却?新形势,拼韬略。让其搬山石,砸残其脚。御侮催人增素质,维权考我精操作。到头来,试看我威仪,今非昨。

注 ① 1971年6月17日,日美签署了《关于琉球诸岛及大东诸岛的日美协定》,将琉球群岛和钓鱼岛(日称"尖阁诸岛")的"施政权""归还"给日本。同年11月,美国参议院批准相关协定。此举引起中国政府的坚决反对。中华人民共和国外交部声明(1971年12月30日):"在这个协定中,美、日两国政府公然把钓鱼岛等岛屿划入'归还区域'。这是对中国领土主权的明目张胆的侵犯。中国人民绝对不能容忍!"

## 水调歌头·中秋望月(步东坡韵)

不见团栾久,难得好晴天。楼前独步观月,忘却是何年。碧海青天如洗,照我满怀冰雪,不觉月光寒。唯见一星伴,分外近人间。

老知己,新相识,共难眠。千年感悟,今夜陈说辨方圆。唯有真情实意,唯有清心寡欲,福寿始双全。拜月捎祈愿,来日谢婵娟。

## 参观上海大观园

荣宁二府易何方？海上远郊青浦乡。
秋色萧条怡红院，痴情空荡病潇湘。
青灯诵读成归属，白手经营亦断肠。
大厦欲倾谁可挽？竟藏一屋破冰箱。

2012 年 10 月 20 日

## 哭襟弟

折柱断梁何等哀，开刀何以不除癌？
从今怕见长江水，江水滔滔泪水来。

2012 年 12 月 4 日

注 其骨灰于武汉采用江葬。

## 2013 年

## 雪中为孙女寄字帖

彤云密布朔风起，霰打脸庞无缩身。
俗谚黄鼬霜打过，古吟风雪夜归人。

2013 年 2 月 7 日

注 风雪夜归人：〔唐〕刘长卿《逢雪宿芙蓉山主人》中的诗句。

## 鹧鸪天·赠蒋治明同学

昔军营报国情,拼将热血写丹青。一身铁骨辘轳转,半夜穷思子女成。

无悔顾,有心倾。天天成长伴孙行。姑苏谁识啼鹃血,尚待嘤嘤求友声?

## 喜见重提批评与自我批评

刀枪入库已多年,马放南山谁着鞭?
剪彩频登红毯上,包厢醉倒绿裙边。
一针尔穴通经络,三省吾身可圣贤。
不畏疗程千百日,中枢伟力定回天!

## 春夜风雨大作

骤雨狂飙摧老枝,东君今夜欲何之?
等闲识得春风面,少却温柔少却慈。

## 谢杨紫霞[①]同学端午祝福

香飘万里祝端阳,飘自源头屈子乡。
莫道同窗独钟粽,只缘更忆昔时光。

注 ① 杨紫霞:笔者同班同学,湘潭大学教授。

## 游溱潼

不薄周庄我亦雄,地球之肾数溱潼。
江南江北皆春水,岂独江南花最红?

注 溱潼是苏北泰县(今属泰州市姜堰区)的古镇,有溱湖湿地公园,湿地乃"地球之肾"也。

## 参观通州东社镇忠孝园

忠孝二题今古传,两全其美看"思苑"。
群书终觉平台小,何可臻为广教园?

注 有众书法家为该园题字,沈鹏先生题为"思苑"。

## 通中毕业五十五周年聚会感赋

时光最忆是青春,母校师魂牵我身。
濠水悠悠怀旧雨[①],楸枝脉脉数归人。
开筵祝嘏平添喜,返老还童始信真。
莫道路遥耽马力,夕阳素月鉴精神。

2013 年 10 月 21 日

注 ① 旧雨:老朋友,语出杜甫《秋述》一文。

## 赠单守桁

自古多才魑魅仇,今延妙手斩凶瘤。
敌酋消遁追宜勇,我旅操兵伐尚谋。
食药体疗三管下,诗书画艺四朋游。
鸿篇大作杀青后,与尔同销万古愁。

## 题刘锡鹏摄《故乡秋色图》

昨夜西风凋碧树,未知秋色满家山。
故人画意浓于酒,醉染层林作赋闲。

## 读杜汉培散文集《碎墨集》

年轻金榜挂名时,壮岁他乡遇故知。
垂老蜗居何所乐,故人新作使神怡。

## 读黄仲英散文集《霜叶集》

江上枫林舞晚风,荷锄耘圃染秋容。
眼中红泪有时尽,笔底涟漪更几重?

## 重阳节赋

次子问安慰寂寥,长孙自制插旗糕。
一张贺卡祝词好,子孝孙贤亦可骄。

2014 年

## 三亚行(古风)

正值来深春节前,凡儿上网做调研,提议全家小走动,旅游攻略南海边。收拾行装订机票,夜航降落停机坪。预约房东驱车到,热情来把客人迎。

入夜忽闻短信音,"美丽三亚谢光临"。来电本是旅游局,说是维权助罚金。殷勤好客诚可贵,怎不令人放宽心?

## 三亚湾与南海

此日租车三亚游,椰风海韵眼底收。冬日阳光春日暖,天蓝水碧沙滩柔。椰梦长廊捡贝壳,彩纹贝壳已难求。驱车前往南海去,登艇冲浪赛飞舟。海中亦有绿荫岛,恰似千岛湖上洲。夕阳西下晚霞舞,几座危楼水上浮。回首海天一色处,点点归帆点点鸥。

### 天涯海角与南天一柱

　　天外有天本无涯,何处飞来巨石崖。中有天涯与海角,近在咫尺两奇葩。题名均为知府写,时却相隔久年华。此处巨石削如壁,壁上题诗已三杰①。三杰皆是诗书家,纵笔题诗书律绝。最是赵老口占句,匠心独运写天涯:"为爱晚霞餐海色,不辞坐占白鸥沙。"

　　还有一双日月石,又有夫妻石之名。朝暮相随心相印,众石仰慕永相倾。日月精华集一体,天地灵气助成盟。一副相敬如宾相,并无卿卿我我声。故而来此见证爱,浇灌爱情花儿妍:陪你到天涯海角,合影到日月石前。

　　巨石成群海滨立,南天一柱拄其间。四字殷红红似火,风吹浪打稳如山。点石成兵严布阵,海疆万里保乡关。

注　① 三杰:郭沫若、赵朴初、沈鹏。


### 南海观音

　　仍按计划西行去,远远望见观世音。我虽平生不信佛,南海观音亦在心。高山仰止巨佛像,普度众生心共鸣。所谓修得高境界,心比莲花水更清。虽未许愿未作揖,却感心净一身轻。转身作别随众走,分明菩萨随后行。我心怪之未得解,亦看全家见此情。莫非心净感天地,自有观音母护婴?

## 亚 龙 湾

　　三面青山一面海，千里月牙向海开。沙滩却似白玉带，风平浪静如镜台。海水清澈可见底，海水日照碧如蓝。可容十万人海浴，可游数千艇风帆。人称"东方夏威夷"，或称"天下第一湾"。如此皇冠多少顶，如此多娇好海山。三生有幸来游览，千载难逢睹芳颜。游客如云海上泳，我等嬉水走沙滩。凡儿一个箭步跃，游入远海水中间，回头举臂向我喊，说是尚在浅水湾。孙子孙女皆会泳，也随妈妈水边玩。

## 呀诺达[①]热带雨林

　　五指山南三道镇，有一三亚"后花园"。山高林密奇景集，跃上尚须数百旋。层峦叠嶂峡谷深，参天古木百年藤。遮天蔽日森林茂，流泉飞瀑梦幻真。进门便见"旅人蕉"，游人口渴莫心焦。其茎只需小刀割，清凉汁水龙头浇。雨林奇景见绞杀，植物居然心毒辣。其实本是法自然，基因不改必侵略。人来人往密如麻，一瞥山下即悬崖。熟能生巧老司机，边唱边开过山车。"槟榔妹，椰子哥，亭亭玉立多婆娑；手挽手，坡连坡，四方友朋乐呵呵。"

注　① 呀诺达：黎族语，"一、二、三"的意思，也是"您好"的意思。

**珠江南田温泉**

雨林温泉一水间,一池一景供休闲。全家池浴淋浴后,夕照落霞伴我还。

**鹿 回 头**

三亚美景有看头,尚有一处"鹿回头"。古有年轻一猎手,追一牝鹿过山头,直至海边无路走,花鹿猛然急回头,摇身变作一少女,美目含羞诉从头:"在天俯瞰众猎手,唯有大哥数排头。如蒙大哥不杀我,愿做贤妻到白头。"一言勾起猎人善,百年好合开了头。动人神话传佳话,从此起名"鹿回头"。此次旅游未得去,留在心头好想头。

2014年1月18日至22日

**归 途**

挥别凡儿在眼前,重来深圳是何年?
报刊在手无心看,云海茫茫思远牵。

2014年2月15日(正月十六)

## 旅游有感二首

**（一）**

绿水青山本属天，雕梁画栋匠心田。
而今多享祖宗福，除却投资算本钱。

**（二）**

景美亦须心里美，水清尚要主人清。
抽刀斩灭狼和狈，还我游山玩水情。

## 拾 遗

人间何处驻春天，失物入怀仍拂弦。
两次拾遗①归失主，重游旧地慰心田。

注 ① 拾遗：在深圳拾得手机和相机。

## 贺海云同志八十寿辰

海打诗心起，云从笔下生。
八旬伊始也，白字①见真人。

2014 年 3 月 28 日

注 ① 白字：百字去一，九十九岁也。

## 悼张荣生校长

灵前未得见遗容,却在梦中三鞠躬。
忍痛锥心欲相问:紫琅十载为谁雄?

2014 年 5 月 1 日

## 五四青年节看大学生文艺表演

眼前活力射青春,活虎生龙爱煞人。
回首当年今胜昔,英才辈出梦成真。

2014 年 5 月 6 日

## 咏 石 榴

五月榴花红似火,秋来硕果满枝头。
阖家老小团圆日,食后才知爱石榴。

2014 年 5 月 30 日

## 定风波·暴雨中接孙放学

云压风飘出市郊,骑车已过易家桥。忽地惊雷蛇电闪,危险,雨帘迷眼已难瞧。

避雨高檐飞瀑布，如注，路中宝马也抛锚。
人世沧桑如此快，观海，雨停待我过怡桥。

2014 年 6 月 14 日

## 观世界杯足球赛决赛

加时仍是零比零，忽获一球飞入檐。
高举金杯欢德国，潸然泪下阿根廷。

2014 年 7 月 14 日

## 行香子·1990 级劳资班校友毕业 20 年回校聚会

秋雨如丝，秋水盈池。盼归鸟、重聚新枝。园中勒石，铭记恩师。话少年志，青年梦，壮年思。

岁月如诗，甘苦相知。忆当年、共展雄姿。而今母校，骏马飞驰。祝云中燕，镜中侣，日中时。

2014 年 8 月 16 日

## 接汉培来电

高悬药液度生朝，窗外秋光慰寂寥。
忽接培兄来电问，心中顿起浙江潮。

2014 年 8 月 26 日于医院

## 喜见香港同庆抗战纪念日

回归已久心连心,慈母知儿积习深。
铭记母怀悲喜日,相亲相爱贵如金。

2014 年 8 月 29 日

## 赠松茂弟二首

### (一)

回首时光何去来?寸心点血付培才。
挂鞭之日贵无憾,花甲寿筵高举杯。

### (二)

烈烈轰轰未必神,平平淡淡始为真。
洞观粉墨登场者,谢幕后成何许人?

2014 年 9 月 4 日

## 中秋寄苏州师友

万家共赏姑苏月,我独倍怀人月圆。
美景良宵美人会,美心美愿许婵娟。

2014 年 9 月 8 日(中秋)

注 2014 年中央电视台中秋晚会在苏州举行。

## 贺老妻七十寿辰

四十二年风雨度,晚晴自可化连阴。
五更起步操炊爨,千夜为儿营静音。
倦眼同怡幼孙闹,老心共敌病魔侵。
劬劳不作狼牙棒,飞度银婚更觅金。

2014 年 9 月 10 日

## 第三十个教师节有感

问心何可为师者,不取学高行却差。
大爱无边深似海,灵魂不纳一泥沙。

2014 年 9 月 11 日

## 谢炳泉赠野生天麻

赤剑天麻馈眼前,油然令我忆当年①。
世间何物回春妙,不是灵丹不是钱。

2014 年 9 月 27 日

注 ① 忆当年:指当年我在京病发,炳泉给我的慰勉。

## 喜迎国庆六十五周年

千古兴衰史作鞭,鼎新革故剑为先。
江山赖有才人出,海晏河清会有年。

2014 年 9 月 30 日

## 晨练所见

农院侵晨每觉鲜,翻江倒海忆当年。
不闻一处书声朗,却见鸳鸯绿地眠。

2014 年 10 月 2 日

## 谢林勉问候

久处深知见赤心,病中一问值千金。
君云老友皆中性,清水悠悠流到今。

2014 年 10 月 7 日

## 九月十五月儿红

柳梢初露面庞红,转眼全遭绛影蒙。
忍待复明如病后,西斜起看莫愁容。

2014 年 10 月 10 日(九月十七)

## 秋风起

年年伤痛秋风起,病院潇潇打雨声。
六十三年无限事,归根都与此关情。

2014 年 10 月 12 日伏枕

## 唐闸祝寿

唐闸公园栈道桥,十余翁媪步逍遥。
重游故地胜仙旅,相慰秋心作话疗。
美酒佳联齐祝福,欢声笑语共持螯。
知交喜得未零落,当信八旬新起跑。

2014 年 10 月 18 日

注 冰心言"人生从八十开始",她享年九十九。

## 陪 夜

繁星万点落窗前,妇幼病房何悄然。
明日荆妻施术去,谁知连我亦无眠。

2014 年 10 月 27 日

## 病 中 吟

祸起萧墙惜寸阴,寸阴不舍反诛心。
身名孰贵谁兼得,应悔空吟道德经。

2014 年 11 月 24 日

注 《道德经》第四十四章提出了身、名、财之间的得失关系,得出了"知足不辱,知止不殆,可以长久"的结论。

# 2015 年

## 寒 梅

邻翁庭院里,一树蜡梅开。
金体玉颜面,冰肌铁骨材。
独身守孤寂,洁手拂尘埃。
每日柴门过,相呼共遣怀。

2015 年 1 月 23 日

## 放 学

名校门前翁媪多,春寒未阻为孙谋。
根深树大引朝凤,恰见梧桐三鹊窝。

2015 年 3 月 1 日

## 回乡(四首)

### (一)

久欲回乡去,携妻扫墓归。
来寻襁褓地,牵念梦魂飞。

### (二)

马路宽如海,厂房混血名。
农村产业化,几时闹春耕。

### (三)

有弟皆分散,相邀共举杯。
余生难一聚,流水日相催。

### (四)

西望车窗外,依依落日情。
须知云彩下,有我祖坟茔。

2015 年 4 月 29 日

## 题徐岳①画《江海潮》

笔有灵犀雅趣横,江风海韵共潮生。
放飞数鹤排云上,早把苏中洒满情。

2015年5月14日参观苏中画展

注 ① 徐岳:笔者通中同届同学。

## 断线风筝

束之高阁已多年,今欲放飞童子鸢。
雏燕好奇相角逐,银鹰接踵互摩肩。
摇头晃脑云天外,甩手牵绳草地前。
忽地劲风吹线断,飘飘坠落夕阳边。

2015年5月15日

## 闻啼鸟

日日晨曦里,声声众鸟啼。
场场音乐会,曲曲是新诗。

2015年5月17日

## 题刘锡鹏摄《南通风景》

山水楼台倩影留,小园香径作闲游。
镜头贵识身边美,越是无名越冠球。

## 谢徐岳赠画《临流论诗图》

故人挥彩笔,贻我论诗图。
临水松冈地,相知石上儒。
流泉鸣翠谷,飞鸟返归途。
恭读题诗后,当惊赐品殊。

      2015 年 6 月 5 日

**附:徐岳自题赠画诗**

好诗出田家,灵气绕松林。
文心源流远,妙语逐波行。

## 海棠花谢

夜来风雨落英纷,难怪怜香惜玉人。
应识花泥成抔土,明年春色倍怡神。

      2015 年 6 月 6 日

## 哀江难

谁见蛟龙卷客轮,船沉顿没众乡亲。
世间多少伤心事,难比同丧考妣人。

大江自古载忠诚,上下军民夺死生。
日夜搜寻东入海,一江泪水一江情。

2015 年 6 月 7 日
发表于《中华诗词》2015 年第 8 期

## 入 院

年年七一祝芳辰,又值端阳风俗淳。
何必对愁人不寐,少抛心力自回春。

2015 年 7 月 2 日

## 病房俯瞰南通体育公园

一泓池水系濠河,绿树成荫映碧波。
泳道健儿翻细浪,球场老妪舞婆娑。
拱桥待接长跑线,游艇空无情侣歌。
寄语市民莫辜负,公园人少病房多。

2015 年 7 月 6 日

## 望 月

晓看下弦月，知是廿二三。
不知何日里，把我健身还。

2015 年 7 月 9 日

## 赠心内科护师

古人曾赞天仙美，岂比蓝天白鸽飞。
世界南丁格尔奖，口碑胜似万金杯。

2015 年 7 月 12 日

## 题锡鹏摄荷影三首

### （一）

堂堂君子焉何羞？半掩花容半掩愁。
只恨贪官也夸我，淤深几个不同流？

### （二）

菡萏香波永不消，天然去饰耻招摇。
可怜有女何愚昧，脂粉涂墙变鬼妖。

### （三）

年年寻梦到荷塘，九朵荷花九款妆。
若得鹭鸥正飞过，此图诗境更宽长？

2015 年 7 月 18 日

## 候 诊

六十年前足迹深,病愁消长已难寻。
何能花甲从头塑,保健心身处处珍。

2015 年 7 月 26 日

## 纪念抗日战争胜利七十周年(新声韵)

病中思绪总难平,耿耿难忘国耻情。
积弱积贫遭恶煞,可歌可泣祭英灵。
国民素质强之柢,干部作风赢者旌。
指日定圆中国梦,三军宿敌有东瀛[①]。

2015 年 8 月 18 日

注 ① 东瀛,指日本。《孟子·告子下》:"入则无法家拂士,出则无敌国外患者,国恒亡。然后知生于忧患而死于安乐也。"

## 秋 夕

台风沿海去,雨后夕阳红。
西岳镶金色,东方架彩虹。
抬头飞燕子,斜月挽张弓。
独步游园里,呼孙速望空。

2015 年 8 月 24 日

## 题徐岳画《秋酣》

东篱花正发,蕉叶鸟啁啾。
妙笔抒真意,天凉好个秋。

2015 年 9 月 10 日

## 赠蒋治明

挈带全家故里行,正逢秋月最晴明。
古楸犹记吾侪影,菡萏未忘晨读声。
追梦连绵星斗转,登山绝顶大江横。
满怀别意东流水,花甲之交胜此情。

2015 年 9 月 13 日

## 秋　思

秋风起处稻飘香,似在儿时打谷场。
忽去麓园丹桂下,又观江水绿杨旁。
无情岁月增中减,有志人生短后长。
更念知交华诞日,祈天拜祝寿而昌[①]。

2015 年 9 月 22 日

注　① 杜甫《寄韩谏议注》有"周南留滞古所惜,南极老人应寿昌"句。

## 回通中

携孙来访祖摇篮,欲说当年俏雅颜。
此日母怀深一别,心中只感泪珠潸。

2015 年 9 月 26 日

## 中秋月下

儿问家乡今夜月,告知彼处密云天。
抬头望月无心赏,已为阴晴两地牵。

2015 年 9 月 27 日复凡凡

## 复罗宗南①视频

满盘月饼引垂涎,满纸深情一线牵。
但得今宵海心月,双照人间伴不眠。

2015 年 9 月 27 日

注 ① 罗宗南:东南大学教授。

## 赠出版社编辑

步唐秦韬玉《贫女》韵,反其意而用之。

　　金秋十月桂飘香,满眼丰收何自伤[1]。
　　履险如夷求瘦策,效颦为美赖浓妆。
　　不谋而合灵犀近,毋厌其烦涵泳长。
　　蜡炬成灰千滴泪,也为人作嫁时裳[2]。

注　① 自伤:指其自叹"为他人作嫁衣裳"。
　　② 尾联指从教亦然。

附　　　　　　贫　女
　　　　　　〔唐〕秦韬玉

　　蓬门未识绮罗香,拟托良媒益自伤。
　　谁爱风流高格调,共怜时世俭梳妆。
　　敢将十指夸针巧,不把双眉斗画长。
　　苦恨年年压金线,为他人作嫁衣裳。

## 悼德充同学(新声韵)

　　秋风扫叶落纷纷,噩耗频传泪雨霖。
　　同病青春同病老,共怜儿女共怜孙。
　　掏心为国为朋辈,怀玉无瑕无染尘。
　　老泪曾挥妻女别,此行何日可招魂?

2015 年 11 月 18 日

## 2016 年

### 谢治明赠顶草

进补冬春孰妙方？并非玉液与琼浆。
姑苏城里雷允上，顶草外加情谊长。

2016 年 2 月 4 日

### 题锡鹏所赠郁金香照

生长荷兰国色香，担心远嫁薄情郎。
谁知此地人心好，倒似王嫱赴异邦。

2016 年 4 月 3 日

注 关于昭君出塞，历代文人大多认为是一悲剧，如杜甫"千载琵琶作胡语，分明怨恨曲中论"（《咏怀古迹五首》之三）。而王安石独出机杼，认为"汉恩自浅胡恩深，人生乐在相知心"（《明妃曲二首》之二）。我附王。

## 卜算子·留春

刘锡鹏君于立夏日摄狼山春山和春花,以留住春天,立意新颖,填此词奉和。

花是着春衣,山是披春地。
特把山花倩影留,好为相思寄。
春在故人间,春在华颠际。
欲葆人生第二春,惜此留春意。

2016 年 5 月 13 日

## 端午节畅想

屈子行吟孺子晓,诗人雅集出佳篇。
龙舟竞渡西洋景,粽叶飘香四海船。

2016 年 6 月 9 日

## 观晨泳

男儿当惜日之余,戏把晨曦作自娱。
挥臂畅游波浪里,鳞光闪闪满池鱼。

2016 年 6 月 13 日

## 雷雨夜

一夜惊雷雨倾盆,胸怀电器①未安神。
雷声渐杳蝈声起,后怕原来是杞人。

2016 年 6 月 22 日

注 ① 胸怀电器:指起搏器。

## 问 心

切肤之痛至五更,手抚伤痕感慨生。
抱病补裘①无愠色,急功索稿有嗔声。
旧交深浅高帽戴,世态炎凉秋扇鸣。
自古士为知己死,终将精力做人情②。

2016 年 6 月 23 日

注 ① 抱病补裘:引《红楼梦》晴雯为宝玉补裘之事。
② 末句改自〔宋〕洪迈(《容斋随笔》作者)诗句:"不将精力做人情。"

## 哀射阳

龙卷风狂袭射阳,夷为平地百人亡。
天灾如此凄凉境,猝不及防须更防。

2016 年 6 月 24 日

注 龙卷风于23日下午2时许袭盐城市阜宁、射阳二县，99人死亡，846人受伤。

### 参观南通珠算博物馆

坐落濠边秀色香，古今中外统收藏。
乘除加减家常饭，缓急轻重立就章。
总赅输赢捭阖看，权衡得失纵横量。
心中有数毕生事，手里算盘成锰钢。

2016年6月29日补

### 庆祝建党九十五周年

九十五年战旗红，征途未敢忘初衷。
航行全仗南针引，决胜皆凭志士功。
大浪淘沙谁砥柱，高原绝顶我为峰。
人民正约期颐庆，迈步雄关第一重。

2016年7月2日

### 夏日晨练

晨起如蒸煮，何能逃酷暑。
寻来大树荫，清影随风舞。

2016年7月24日

## 虚岁八十

不想行年到杖朝①,糊涂人也岂心高。
荧光影摄青春误,苦药生吞漫道遥。
僻壤孤家何可晋,故城笨舌亦难骄。
平生深省身之短,马已泅河吊尾毛。

2016年8月26日

注 ① 杖朝:引自《礼记·王制》中"八十杖于朝"。

## 观二十国集团领导人第十一次峰会文艺晚会

西湖风景冠全球,水上琵琶更见柔。
今晚视频欣赏后,人人最忆是杭州。

2016年9月4日

## 母逝十年祭

死别十年仍似存,难忘跪泣与声吞。
春花谁伴坟头草,秋叶何招月下魂。
斑竹园林千滴泪,蔓藤瓜飚一条根。
今朝挈妇回乡祭,待到清明补报恩。

2016年9月9日(阴历八月初九)

## 纪念长征胜利八十周年

天公总与善良亲，历史偏玩弄险人。
假若重蹈安顺场，今朝华夏是何春？

围追堵截未能亡，草地雪山凭志强。
多少英雄身已矣，至今尚欠史端详。

中央纵队辎重迟，血染湘江过半师。
查看地图何处是，轻装上阵始能驰。

彝侗必经全靠诚，歃血为盟刘伯承。
人民永是生之本，涸辙之鱼岂可存？

万水千山皆险途，置之死地别无图。
用兵之道师孙武，血泪悲歌万骨枯。

史无前例启新途，必葆忠心永似初。
倘爱温柔乡里度，可知先烈判开除。

## 八十抒怀
### ——次韵谢姚华老师祝寿

大河九曲总朝东,入海奔流知始终。
志士遭逢无野史,才人术业有专攻。
一生拔萃方高远,半路出家何可雄?
受宠若惊翻作泪,秋风灯下一衰翁。

2016 年 10 月 27 日

附:

### 贺田老师八十寿辰
姚　华

学成报国走西东,业绩骄人贯始终。
解甲受邀余热献,得闲发力韵文攻。
弘扬国粹志高远,攀越顶峰心正雄。
昔日园丁勤著述,今迎耄耋一诗翁。

## 参观南通市第 27 届菊花展

金沙喜聚众师翁,尽赏通城斗艳功。
湖阔天高秋气象,花繁香郁少年宫。
相逢旧雨①千言少,指点新诗几首雄。
待到隆冬枝上老,绝无败叶舞寒风。

2016 年 11 月 4 日

注　① 旧雨:老友,指守桁兄。

## 参观中华慈善博物馆

机杼之声①徙远方,摇身一变讲经堂。
古来圣哲皆崇善,今日儒商亦解囊。
流殍已成悲惨史,脱贫才是大慈航。
通城有此新名片,碧树妆成引凤凰。

2016年11月4日

注 ① 机杼之声:此处原为南通第二棉纺织厂。

# 2017年

## 解佩令·自题《填词与品词入门》

工蜂采蜜,老蚕结茧,把平生、心力都抛尽。皓首评词,本只为、借花呈献。有谁能、笃情亲近?

两年围产,一朝分娩,喜婴儿粉皮娇嫩。师法苏辛,亦拜读易安《词论》。奉词坛,白头无恨。

2017年1月

## 高阳台·南通博物苑恋曲

近代无双,神州第一,濠南一水之边。清早临城,回程总爱流连。春花烂漫迷人眼,大树梢、百鸟欢天。沐晨曦,笛韵箫声,群舞如仙。

流连最是通幽处,忆星期温课,六十年前。九曲桥头,亦勾梦绕魂牵。并非海誓山盟事,是同窗、相约团圆。独徘徊,几听啼莺,几听鸣蝉。


## 千秋岁·悼易海云同志(用东坡悼少游韵)

惊闻天外,老易身先退。无泪溅,心如碎。立秋仍暑热,顿入冰寒带。人不见,高山流水空相对。

忆昔温泉会,松月花阴盖。五十载,江河在。《踏歌》赠我读,拙稿谁来改。兄去也,诗书留下情如海。

2017年1月17日

附: **千秋岁·次韵少游**
〔宋〕苏轼

岛边天外。未老身先退。珠泪溅,丹衷碎。声摇苍玉佩。色重黄金带。一万里。斜阳正与长安对。

道远谁云会。罪大天能盖。君命重，臣节在。新恩犹可觊。旧学终难改。吾已矣。乘桴且恁浮于海。

## 咏簕杜鹃①

无视人间悲喜剧，市花依旧笑春风。
情人眼里红胜火，游子心中碧血浓。

注　① 簕杜鹃：深圳市花。

## 中国海关赋

大字鲜红国门悬，门前车水马龙喧。
何能学得周公体，稳健沉雄代代传。

注　1950年周恩来总理为《人民海关》刊物题词。《人民海关》1950年创刊，1982年复刊，到1989年更名为《中国海关》公开发行至今。

## 读唐崔颢诗《黄鹤楼》

今古排行皆榜首，震惊千万拘律人。
眼前有景心中笔，一气呵成自有神。

2017年6月5日

## 八十青岛行（七古）

　　难却糊涂到八旬，方知无可庆生辰。不摆家宴不请客，不编拙作不劳神。大儿有心早思忖，欲带双亲逛古城。此次正逢父生日，请假三日也成行。初欲杭州西湖去，游人如织赏三秋。遴选方案决心下，北上青岛作远游。沈海高速贯苏鲁，一路秋光洒满途。夹道紫薇花正放，中间侧柏亦欢呼。天高云淡金风爽，西望秋山下夕阳。齐鲁更加青未了[①]，青岛扬帆正远航。

　　正逢青岛修地铁，傍晚堵车更为烈。万家灯火初放时，预订房东来迎接。家庭旅社厅房宽，食住设施亦俱全。社区夜市生意旺，北方饺子味道鲜。信步夜市风吹面，前面就是金沙滩。人老岂能不知倦，购物备齐旅社还。

　　旅途劳顿好安眠，一夜梦乡到客前。次日早餐整装后，大儿驱车往海边。穿过隧道胶州湾，直奔市内八大关。此处高筑洋别墅[②]，历史遗留变新颜。红瓦绿树映街市，碧海蓝天卫岛城。高低不便车行走，不若徒步海滨行。远望海天共一色，不知何处是蓬莱。嬴政当年求不老，求而不得方士埋。五四广场火炬红，德赛先生[③]展笑容。孔孟之乡有雅量，中西合璧俱称雄。再往海军博物馆，飞机军舰载游人。游人多是小朋友，耄耋之人也童真。正当拍摄海空景，忽听凡儿手机声。全家深圳来祝寿，祝愿福寿得长生。一祝福如东海水，二祝寿比崂山泉。我心亦如山与海，山呼海啸父子情。

青岛之行何重点，重点念好山海经。海滨已作蜻蜓点，崂山欲去步莫停。海上名山冠第一，崂山自古负盛名。山海偎依心倾诉，白石裸岩鼓且平。道家圣地太清宫，始建公元前百年，山光水色存仙迹，汉柏唐榆已参天。两株银杏冲霄汉，天塌下来足可擎。削壁刻石留墨宝，康有为抒崂山情④。拾级而上祖师殿，两旁大书老子言。世上最大老聃像，前额如鹅立殿门。大儿陪我欲登顶，我却遵老"不欲盈"⑤。又见孔子问老子⑥，儒道互补莫相轻。

薄暮下山回海边，海边晚景倍流连。父母与儿留一影，此情此景共天年。人道百善孝为先，我道父慈子自贤。归来收到花一束（80朵），凡儿派人送门前。

2017年8月25日到青岛，26日一日游，27日返程

注 ① 此句出自杜甫《望岳》"齐鲁青未了"，指山东景色。
② 洋别墅：指青岛曾先后被德、日侵占。
③ 德赛先生：民主与科学。
④ 康有为刻石记游，为66句五言诗一首。
⑤ 不欲盈：见《老子》第十五章。
⑥ "孔子问道于老子"，为太清宫内一景。《史记·老子韩非列

传》中记载:"孔子适周,将问礼于老子。"

## 1987 届劳资班同学毕业 30 年有赠

三十功名国与家,故园相聚实堪夸。
眼前一洗相思泪,心里遍开幸福花。
知命之年贵成熟,余生半百竞芳华。
叮咛唯祝葆康健,互告儿孙伴晚霞。

2017 年 10 月 13 日

# 2018 年

## 雨霖铃 · 悼范伯群老师

哀思难抑。正寒冬晚,朔风初袭。当年蒙难来校,西楼独上,才华横溢。识得文坛上下,两家乃双翼。自此后,雅俗鸿沟,一举填平去陈迹。

怜才更是先生癖。为生徒、作序诗文集。西窗梦醒何状?孤枕听、雨阶残滴。此去黄泉,应是重逢泪雨飞泣。再整理、删改鸿篇,付与英俄译①。

2018 年 1 月

注 ① 指范老师的百余万字的学术论著自选集《填平雅俗鸿沟》的英译本、俄译本。

## 凡儿生日诗以寄

不惑之年又二春,南天思忖祝芳辰。
东南至善①书生气,粤海沉浮涉世身。
历代奸雄非好汉,人间正道是经纶。
有篇元曲服膺记,不识时人枉做人②。

2018 年 2 月 7 日

注 ① 至善:出自吾儿母校东南大学校训"止于至善"。
② 枉做人:出自元曲《折桂令·叹世间多少痴人》,作者无名氏,其中有:"精细的瞒人。本分的饶人。不识时人,枉只为人。"

## 徐岳同学画展志庆

故人大作入贤宫①,里外春光相映红。
庾信文章徐岳画,王公笑指暖脐功②。

2018 年 3 月 28 日

注 ① 贤宫:南通市个簃艺术馆,是南通市人民政府为弘扬我国著名金石书画家、艺术教育家王个簃先生的艺术成就而建立的。王个簃,名贤。
② 暖脐功:学生与母校的联系与感情。

## 咏紫藤

贵在拧成多股绳,好凭协力共攀升。
开花黄紫随君赏,更筑阴凉供尔乘。

2018 年 4 月 25 日

## 通中毕业六十周年感赋

负笈当年九月天,穿堂衣镜照群贤。
名师铸就书生气,乱世攻关无字篇①。
痛失知交半零落,喜观新囿满争妍。
回眸六十年来事,最是诚恒②不可偏。

2018 年 5 月 19 日

注 ① 无字篇:社会知识。周恩来有房联:"与有肝胆人共事,从无字句处读书。"
② 诚恒:通中校训。

## 中华诗词大会吟

近年春日起春潮,吟诵诗词引自豪。
会背会评何会做,尚距诗人百步遥。

2018 年 5 月 22 日

## 学生毕业三十周年回校聚会

火伞高悬北半球,故园一聚便成秋。
五洲沧海千帆发,卅载离愁一夕收。
喜看今朝庆丰稔,更期明日竞风流。
此情可待成追忆,夏夜通城濠上游。

2018 年 8 月 10 日

## 中秋望月

儿孙来聚后,喜见月当空。
五夜①西追月,蟾宫益壮容。

2018 年 8 月 25 日

注 ① 五夜:五更时候。

## 雨霖铃·李德充同学逝世三周年祭

白驹过隙。已三年矣,谅君知悉。思君常入幽梦,悠悠惚惚,时疏时密。执手依然带笑,却无语凝寂。梦乍醒,吾复狐疑:地府君家可安吉?

通中一别长相忆。不逢时,谁展鸿鹄翼?知兄宦海争渡,名节在,任凭风急。可恨阎罗,强予丧妻失女之击。若许可,重塑三生,待去黄泉述。

2018 年 10 月 26 日

注 2018 年 11 月 14 日书与汉培、炳泉至天宁寺内祭。

## 1986级计统班回校聚会

人间秋色最称妍,久别重逢三十年。
万语千言何所悟,长江后浪总推前。

2018年11月16日

## 2019年

## 谈天二首

下雨浑身劲,欲晴懒煞人。
也因人作孽,更是天不仁①。

天无绝人意,流浪总归来。
君看春色里,童叟笑颜开。

2019年3月14日

注 ①《老子》第五章有"天地不仁,以万物为刍狗"。"不仁"指天不偏爱,也不嫌弃。"刍狗"是祭祀用的草扎成的狗,用完即弃。人类谈天,既要认清天地不仁的本性,也要重视生态文明建设的作用。

## 咏玉兰花

燕山雪片大如席，此处玉兰如笔擎。
七紫三羊①朝上写，写尽青春爱恨情。

      2019 年 4 月 27 日于小游园

注　① 七紫三羊：毛笔的一种，由紫毫和羊毫制成，此处喻含苞待放的紫玉兰和白玉兰。

## 五四运动一百周年感赋

德赛先生①威力强，里程碑下永光芒。
当年志士梦何在？短板于今喜见长。

      2019 年 5 月 4 日

注　① 德赛先生：民主与科学。

## 满庭芳 · 贺母校南通中学 110 周年华诞

  濠水悠悠，古楸脉脉，黉舍欢沐春阳。小楼"崇雅"，清韵更飘扬。品学兼优书卷，相辉映，院士容光。寿筵日，青丝白发，喜泪涌筹觞。

  难忘鱼饮水，时长三载，恙染胸腔。幸周公①恩准，得以同窗。步入风云社会，耄耋矣，难诉衷肠。终须诉，拙词一首，共祝冠群芳。

          2019 年 5 月 5 日

注　①周公：周蓬仙，时任通中教导主任，后为副校长。

## 听《经典咏流传·黄河大合唱》

动魄惊心勾所思，泪泉顿复救亡时。
中华儿女多英杰，民族危亡有史诗。

          2019 年 6 月 8 日

## 题范曾《画龙点睛》图

风儿吹衣带，范君欲展才。
如椽甩将去，破壁巨龙来。

          2019 年 6 月 17 日

## 拟作南通首届森林旅游节请柬

通城百日为君筹，今日迎君到轿头。
为博粲然君一笑，倾城倾力伴君游。

          2019 年 7 月 2 日

## 看电视《可爱的中国》（步叶剑英同志韵）

失误遭逢血染红，幸将遗稿建奇功。
文山①志敏双峰立，可爱中华处处枫。

2019年7月30日

注 ① 文山：文天祥自号。

附：　　　　**读方志敏同志狱中手书有感**

叶剑英

血战东南半壁红，忍将奇迹作奇功。
文山去后南朝月，又照秦淮一叶枫。

## 沁园春·家国

我辈逢时，生在春荒，老在秋高。历铁蹄蹂躏，险遭杀戮；蒋军横阻，痛失同胞。重返家乡，跻身名校，万马欢奔解放桥。古稀庆，感母恩如海，泽至今朝。

颂中华崛起，人心似火。共同命运，拥戴如潮。观礼城头，铁流涌进，谁敢猖狂动一毛。丰碑在，有英灵助臂，直上扶摇。

2019年10月

## 看《非诚勿扰》

靓女俊男争一流,捧心来把凤凰求。
有缘牵手成功后,多少偕行到白头?

2019 年 11 月 13 日

## 咏银杏树叶

夺目流金高雅大,令人不忍别离她。
子遗亿载活化石,一叶居然压百花。

2019 年 12 月 17 日

注 南通大学附属医院门诊大楼前有一棵大银杏树。

## 集改唐诗给孙子阳阳

鸡声茅店月①,风雪夜归人②。
东野③登科后,长安一路春④。

2019 年 12 月

注 ①〔唐〕温庭筠《商山早行》:"鸡声茅店月,人迹板桥霜。"
② 出自〔唐〕刘长卿《逢雪宿芙蓉山主人》:"柴门闻犬吠,风雪夜归人。"这里指阳阳上高中时晨起夜归。
③ 东野:孟郊字。
④ 孟郊《登科后》:"春风得意马蹄疾,一日看尽长安花。"

## 咏古榕树

美髯飘胸倍自珍,盘根错节不瞒人。
虬枝直下立如柱,冠盖葱茏万寿春。

2019 年 12 月 31 日于深圳

## 2020 年

## 读徐春赋①同志家乡故事集《乡愁》

古桥恨被庸官毁,痛失风光建旅游。
银杏参天传振铎,碧潭漩水弄行舟。
玉阶有影从何得?梓里无文数几流?
君近失明妻借目,只为梦笔写《乡愁》②。

2020 年 1 月

注 ① 徐春赋:笔者小学学兄,曾任海安县(现为海安市)立发中学校长,其带领的学校在全县中学中名列前茅。
② 尾联取意于《乡愁·后记》中的一句:"生命在笔下延长。"

## 谢杨紫霞寄武汉东湖樱花节视频

久违江汉久违花,数月蜗居次子家。
武大樱花承共赏,为她泪洒为她夸。

2020 年 4 月 1 日

## 回乡扫墓兼祭小龙弟

七十四年伤别离,兵荒①无药治痢时。
而今只剩我能忆,生死茫茫两不知。

龙弟预知翌晨辞,母令告父弟濒危。
我追水凼西沉月,归见小龙双目垂。

2020 年 5 月 22 日

注 ① 兵荒:指解放战争初期的一战——打海安,隔河是国统区,不能前去求医。父亲此时亦在秋收后的稻田草棚里避"兵荒"。

## 悼守桁兄

梅雨知人哭守桁,如倾如注放悲声。
朝迎红日怜幽草①,夕照青山爱晚晴②。
事必躬亲效诸葛③,吟安搁笔学卢生④。
君今撒手远方去,失序雁行谁领鸣?

2020 年 6 月 25 日

注 ① 红日：指从教。幽草：指学生。
② 青山、晚晴：南通的两个诗社名。
③ 诸葛：诸葛亮。
④ 卢生：卢延让，唐代诗人，著有《苦吟》诗，其中一句"吟安一个字，捻断数茎须。"

## 沪苏通大桥通车

大桥飞架沪苏通，万里长江又一虹。
不负风云人物在，长三角里尽称雄。

2020年7月1日

注 发表于《中华诗词》2020年第9期。

## 斥山姆①

手长伸过太平洋，染指香江警棍扬。
我欲挥之一刀斩，留观史册笑强梁②。

2020年7月17日

注 ① 山姆：美国的绰号。
② 《老子》第四十二章有"强梁者不得其死"句。

## 小园听蝉

莲叶池边坐,临风听暮蝉。
同声相应节,协奏管和弦。

2020 年 8 月 5 日

## 金缕曲·庆祝中国共产党百年华诞
（次韵田汉先生《贺新郎·颂国庆十周年》）

如画江山美。看今朝,早霞初放,碧空如洗。廿万少年分列坐,双手轻摇红紫。把广场盛装绫绮。举世此时皆瞩目,管乐停,金句声声起。习主席,讲话矣。

百年伟业真无比。数风流,飞仙揽月,跃龙嬉水。不负连年追梦者,早有并肩之喜。千万首歌声震耳。各族人民齐奋发,又开创二百周年史。中国梦,永无已!

2021 年 7 月

附：　　　　　贺新郎·颂国庆十周年①

田　汉

分外江山美。看当年、玉楼双峙②，广场如洗。廿万少年秋样立，双手分擎朱紫。把"国庆"织成霞绮。管乐如林挽日影。东方红，雄鸡声声起。毛主席，到来矣。

十年进步真无比，还胜它，骅骝驰陆，蛇龙嬉水。八十余万兄弟党，来共我们欢喜。七十万歌声震耳，六亿人民齐步伐，看工农新创文明史。朝远景，进无已！

注　①《贺新郎》又名《金缕曲》。
②玉楼双峙：指人民大会堂和中国革命历史博物馆（今中国国家博物馆），二者入国庆十周年北京十大建筑之列。

## 2022 年

## 二十大颂

巨轮造就领航人，铁打江山铁打身。
壮志百年圆彩梦，征程两步创新春。
英才辈出千题解，自我革命亿民亲。
但待金瓯成一统，天涯无霸若芳邻。

2022 年 10 月

## 2023 年

## 喜获"光荣在党五十年纪念章"感赋

每临大事喜长吟,感沐党恩铭记心。
耄耋之年回首处,撮其要者记其深。

卢沟狮吼怒冲霄,淞沪抗倭死亦骄。
炮火连天生下我,乳婴随母远亲逃。

鬼子军帽猪耳样,全家被赶入东厢。
翻箱倒柜无寻着,鸡鸭猪羊一扫光。

解放区天艳阳高,秧歌扭得细弯腰。
前线伤员担架转,儿童送水过浮桥。

国共两军拉锯战,老区形势处低潮。
我和祖母亲眼见,就义英雄挨刺刀。

有位作家曾有言,人生关键几步存①。
初中能吃苦中苦,一举考中名校门。

名师每讲春风起,又有荷池助育人。
每忆韶华身虽病,"诚恒"催我长精神。

体检未能当考生,身份一变教师迎。
机床厂里"红专"校,兼做报刊通讯兵。

投胎志愿最难填,医学未能扛在肩。
正是人民公社化,一挥而就入农田。

国庆正逢十周年,京华处处使人倾。
城楼争见毛主席,入晚狂欢舞蹁跹。

北风呼啸馆无温,寒假携书入馆门。
首卷翻开《资本论》,马恩友谊世为尊。

幻想爱情幸福时,志同道合不分离。
再翻首卷《资本论》,倾慕燕妮·马克思②。

休学一年疗养院,又回家里半年轮。
沉舟侧畔千帆过,病树前头万木春。

复学参加工作队,投身社教搞"四清"。
递交入党申请书,未满一年"文革"横。

主席指示应届生,通通学习工农兵。
惜别依依农场友,敢投军垦赴军营。

安营扎寨试吟草,艰苦反使诗兴高。
拙作拾来三十首,请君斧正往前瞧。

军管农场军代装,身怀敌弹老红军。
难忘入党支部会,手捧初心志向群。

谦虚慎慎最为贵,守纪不严傲贼侵。
党内批评如洗澡,脱离群众失民心。

三中全会重心转,我却机关行政人。
痛改所学非所用,好将从旧又从新。

有人助我中科院③,科院调函搁一边。
武大新开技经课,我从人大备新篇。

人生之路苦坎坷,荏苒光阴五载多。
问讯乡音毛遂荐,始回梓里立江波。

躬耕垅亩三分地,根系江南几厂家。
为使常常新意出,不辞经纬买鲜花。

当选退休党支书,七年履职一如初。
上传下达紧跟党,慰问病疴几日除。

槽间老骥志千里,千里之行方有终。
媒体天天牵我进,何愁不展夕阳红。

近闻党纪新修订,囹圄又添数於菟④。
晚节不忠何所似,耻颜难露悔无途。

书画之士多高寿,一管低悬万念消。
展目挥毫求雅正,云烟落纸亦逍遥。

清晨灵感好时光,随手诗钞三四行。
已自青丝成白发,而今陪我诉衷肠。

2023 年 8 月

(我 1971 年 10 月入党,2022 年因疫情未开会,2023 年 7 月补发)

注 ① 作家柳青曾言:"人生的道路是漫长的,但紧要处往往只有几步,特别是当人年轻的时候。"
②《资本论》第一卷扉页有燕妮·马克思写的一段话。
③ 中科院:指中国科学院长沙农业现代化研究所。
④ 於菟(wū tú):老虎的别称。

## 送孙子读大二

莘莘学子怀天下，科艺兼修两朵花。
融会贯通同一理，诗人应颂科学家。

2023 年 8 月

## 重读毛主席吊罗荣桓同志

用人之道贵相交，守纪无私头两条。
党内圣人主席敬，惊闻辞世泪如涛。

2023 年 12 月 26 日
（谨以此诗纪念毛主席诞辰 130 周年）

附：　　　**七律·吊罗荣桓同志**
记得当年草上飞，红军队里每相违。
长征不是难堪日，战锦方为大问题。
斥鹦每闻欺大鸟，昆鸡长笑老鹰非。
君今不幸离人世，国有疑难可问谁？

一九六三年十二月

## 学诗心得

## 绝句学习札记

### 一、绝句：易作难工

在各种旧体诗中，可以说绝句是最容易学、容易作的，这是因为：一首绝句通常只有四句（20字或28字），押两个或三个韵脚，不要求对仗，只要求协调平仄就行了。所以，小孩子或成年人初学写诗，一般是从五绝或七绝入手，已经成名的诗人，遇上即席赋诗的时候，往往也以绝句应急。

然而，在旧体诗中，绝句又是最不容易作好的诗体，所谓"易作而难工"。

清人沈德潜《说诗晬语》有云："七言绝句，以语近情遥、含吐不露为主。只眼前景、口头语，而有弦外音、味外味，使人神远，太白有焉。"陕西师范大学霍松林教授说："要用寥寥20字或28字作成一首好诗，说大话、发空论、炫耀才学、卖弄辞藻、铺排典故，都不行，必须情感深挚，兴会淋漓，神与境会，境从句显，景溢目前，意在言外，节短而韵长，语近而情遥，神味渊永，兴象玲珑，令人一唱三叹，低回想象于无穷，这才是绝句中的精品。"（《绝句"易作而难工"》，载《中华诗词》2002年第4期）

古今大师对绝句的写作提出了要求，也指明了方向。

## 二、学习心得整理

下面分意境、意象、章法、格律四个层面把学习心得整理一下。

### （一）意境

什么是意境？丁芒先生对"意境"做过较系统的研究，写了篇《意境论》（载《中华诗词》2010年第3期），并以他的一首七绝《长城颂》（群山锁起供磨刀，砺我中华剑气豪。枕畔千年风雨夜，城头十万马萧萧）为例，向我们解说了意境的含义，认为意境是诗人对客观世界作深度思维所达到的最高境界，是悟性思维的产物（现代思维科学认为，思维有直线的抽象思维、平面的形象思维、立体的悟性思维之分），是全诗众多意象的总和、融合、升华，它体现了全诗的综合美，在全诗的写作过程中贯穿始终。我的理解，即是我们常说的立意、构思、诗意、诗味、诗魂、诗骨。作诗从神与境会，到境从句显，到炼字炼句，无一不是围绕着这一最高境界而运作的。试举李白的《黄鹤楼送孟浩然之广陵》："故人西辞黄鹤楼，烟花三月下扬州。孤帆远影碧空尽，唯见长江天际流。"不正是"语近情遥，含吐不露，只眼前景、口头语，而有弦外音、味外味，使人神远"吗？没有对故人的"情感深挚，兴会淋漓"，能构思出这样的"令人一唱三叹，低回想象于无穷"的意境吗？正是"孤帆远影碧空尽，唯见长江天际流"所蕴含的意境，使它成为送别诗中的千古绝唱。

（二）意象

什么是意象？意象与意境是什么关系？唐代诗人刘禹锡有一句名言："境生于象外。"北京大学教授袁行霈说，关于境与象的关系，全面而确切的表述应该是：境生于象而超乎象。意象是形成意境的材料，意境是意象组合之后的升华，意象好比细微的水珠，意境则是飘浮于天上的云。云是由水珠聚集而成的，水珠一旦凝聚为云，则有了云的千姿百态。（见袁行霈《中国诗歌艺术研究》）

一首诗的意境是由所选用的意象形成的，但这里的意象既要有加工过的"眼前景"的实像，还要有展开想象的翅膀而成"弦外音"的虚像。只有实像，而无虚像，全是大实话，没有一点夸张，往往不能成为好诗。毛泽东同志认为，诗是现实主义和浪漫主义的有机统一，太现实了就不能写诗了。即如上面所举的李白《黄鹤楼送孟浩然之广陵》一诗，就用了以实领虚、以虚显实、实中有虚、虚中有实的虚实相生的创作手法："烟花三月下扬州"就有虚有实，"烟花三月"不是黄鹤楼处的实景，而是想象中的扬州三月的迷人景色，所以是虚写；"唯见长江天际流"，也是虚写，因为长江不可能在天际流，而是远看天水一色的深沉感觉。正是这种虚实相生，又情景交融，才构成了情深意长的惜别的意境。又如李白的《与史郎中钦听黄鹤楼上吹笛》："一为迁客去长沙，西望长安不见家。黄鹤楼中吹玉笛，江城五月落梅花。"五月怎么会落梅花呢？诗中所说的

"落梅花"，是指凄婉的《梅花落》曲，化虚为实。楼上闻笛，笛音好像梅花飘落，化实为虚，从而勾画出诗人流放途中的凄苦心境。尾句虚写，以景结情，著一妙喻，意境全出，这种写法在绝句中最为高超。除上述李白二诗外，还有"二月春风似剪刀"（贺知章）、"春风不度玉门关"（王之涣）、"霜叶红于二月花"（杜牧）等等。

情、景、事、理，四种情况均可用作意象。理，指议论。既崇尚情景，也不废议论。不过，"议论须带情韵以行"（沈德潜）。惯于"以议论为诗"的宋人不是写出了诸如"不识庐山真面目，只缘身在此山中"（苏轼）、"不畏浮云遮望眼，自缘身在最高层"（王安石）、"问渠那得清如许，为有源头活水来"（朱熹）等寓意深远又韵味浓郁的佳句吗？所以，不能一概而论地认为宋诗"味同嚼蜡"。

（三）章法

对于诗词的章法，许多讲诗词格律的书很少论述，多在历代的诗话中论及。一句起，二句承，三句转，四句合，便是许多人的共识。因为第三句"转"，所以讲作法的人最重第三句。我体会，如用起承转合章法，"转"确是一个关键，因为绝句容量小，第三句如转"野"了，即难以收缰，不能形成整体意象。

霍松林教授说：起承转合，以第三句为主，都有道理，也符合不少绝句名作的基本情况，但不宜视为"定法"。事实上，诗无定法。唐代大家之作，往往元气浑沦，不必硬套，也不适用于起承转合之法。当诗人触景生情、神与境遇之时，绝不会按起承转合之法去刻章琢句，而是怎么写最能表现特定的情境便怎么写。李白的杰作《越中览古》"越王勾践破吴归，义士还家尽锦衣。宫女如花满春殿"三句，一气直贯，极写破吴归来的骄纵豪奢；而突以"只今唯有鹧鸪飞"一句写今日之寂寞荒凉，其昔今盛衰之感已跃然纸上。"文成法立"。刘禹锡《金陵五题》中的《石头城》，也是脍炙人口的杰作，且看这首诗是怎样写的："山围故国周遭在，潮打空城寂寞回。淮水东边旧时月，夜深还过女墙来。"全诗以"山围""故国""潮打""空城""旧时月""女墙"渲染凄凉情景，而六代豪华俱归于乌有之意，已见于言外。起承转合的框框，是完全套不上的。

其他如苏轼《赠刘景文》，以"荷尽已无擎雨盖，菊残犹有傲霜枝"两句对起；黄庭坚《观化十五首（其十一）》亦以"竹笋初生黄犊角，蕨芽已作小儿拳"两句对起；志南《绝句》以"沾衣欲湿杏花雨，吹面不寒杨柳风"两句对结：都突破了起承转合，以第三句为主的"定法"。

又如，杜甫的《绝句》："两个黄鹂鸣翠柳，一行白鹭上青天。窗含西岭千秋雪，门泊东吴万里船。"则是以对起对结，一句一景，看似各不相干，实是统一于他初回草堂时的喜悦心情。如有画家写唐人诗意，我以为，这四句诗可画成四幅价值连城的条屏；至于章法，便是无起承转合可言了。

总之，绝句不为无法，但不可泥。对于学诗者而言，应始则以法为法，继则以无法为法。即如写字，"不工"到

"工"再到"不工",达到神而明之,如水流云在、月到风来,就大好了。

(四) 格律

绝句按格律可分为律绝和古绝。律绝是律诗兴起以后才有的,古绝远在律诗出现以前就有了。五言古绝较为常见,不讲平仄,多用拗句,且多用仄韵,如孟浩然的《春晓》;也有用平声韵的,如李白的《静夜思》:都明白易懂又韵味深长。小儿背唐诗,应从古绝始。

律绝的格律和律诗一样,而且可以认为它是律诗的一半,即截取律诗的四句而组成:或截取首尾两联,不用对仗;或截取颔颈两联,全用对仗;或截取首联颔联,首联不用对仗;或截取颈联尾联,尾联不用对仗。但是,律绝原则上可以不用对仗。

下面说一下对仗的常规——律诗中间两联的对仗,即第三、四句和第五、六句。三、四两句和五、六两句的词类相反为对仗。对仗最讲究的是工对;不能达到的就是宽对,但还是比较严格的。

律绝的平仄和律诗的平仄一样,可以用正格,可以用变格,也可以进行拗救。所以,写律绝时,首先考虑用正格,五言律绝以仄起为常见,七言律绝以平起为常见。正格不合用,则用变格,即五言平起的"[平]平平仄仄"(中括号内为可平可仄)第一句改为"平平仄仄平",其余不变;五言仄起的"[仄]仄平平仄"第一句改为"[仄]仄仄平平",其余不变。七言是五言的扩展,即把仄起的

"［仄］仄平平仄仄平"第一句改为"［仄］仄［平］平平仄仄"，其余不变；平起的"［平］平［仄］仄仄平平"第一句改为"［平］平［仄］仄平平仄"，其余不变。需要注意的是，在这种情况下，五言的第一字、七言的第三字必须是平声，不再是可平可仄的了。这种变格在唐宋的律诗中是常见的，习惯用于七律的第七句，但在绝句中，第三句也常用。例如，李白的《越中览古》第三句"宫女如花满春殿"，杜甫的《江南逢李龟年》第三句"正是江南好风景"，王之涣的《凉州词》第三句"羌笛何须怨杨柳"，李商隐的《寄令狐郎中》第三句"休问梁园旧宾客"，杜牧的《金谷园》第三句"日暮东风怨啼鸟"，等等。如果变格也不好用，那就进行拗救；如果拗救也救不了，那就是三十六计——"走为上"了。

我们应从根本上理解律诗为什么有正格、变格和拗救，这实际上是宇宙平衡规律在诗词创作上的自觉运用。《周易·系辞上》说，"一阴一阳之谓道"。老子说，"万物负阴而抱阳"。汉语是单音节语，又有四声，所以才有平仄和四、五、七言的句式。律诗中，除可平可仄的字外，其余的平仄字数基本是相等的，且都在音节上。这种平仄的平衡，就形成了抑扬顿挫和节奏的和谐，因为美需要和谐，所以讲格律是音乐性的和谐美的需要。胡乔木同志曾写信问语言大师赵元任：为什么平仄能在一千几百年间被全民族所自然接受？我想应该从事物的客观规律来认识这个问题。只有知其然，又知其所以然，才会运用自觉和自如。其实，汉语的成语绝大多数都是平仄协调而又是以形象表达的，如刻舟求剑、缘木求鱼等等。

在讲格律时，有个别不合格律的诗句的问题。如李白的《送孟浩然之广陵》，第一句"故人西辞黄鹤楼"是不合格律的。此处"人"应用仄声，"黄"也应用仄声，即"仄仄平平仄仄平"。但是，"故人""黄鹤楼"都不可改，所以这样的诗句，丝毫不影响它精美的意象和意境。

至于押韵，律绝的首句可以用邻韵，五绝的首句以不入韵为常见，七绝的首句以入韵为常见。现在实行新韵十四韵和平水韵双轨并行。我想，将来总要过渡到新韵的。

至于如何学诗，霍松林教授讲了三点意见可供我们参考："一曰应先作古体，渐及近体，古近各体兼擅，始能表现各种情境；二曰能入能出，先入历代名家堂奥，含英咀华，尽取其法度、韵调及遣词、锤字、宅句、安章与夫言情、写景、叙事之经验、技巧，为我所用，然后出其樊篱，于反映新时代、抒发新感情之创作实践中求变求新；三曰提高文化素养，深入现实生活，识解高，感受深，既有助于'入'以领会名作意境，更有利于'出'以描状新人新事。"（《〈海岳风华集〉序》）

2010 年 6 月 19 日

## 学诗偶得：小拗救法及其他

诗词格律中所说的拗救是指上句或本句该用平声字的地方用了仄声字，就在本句适当的地方改用一个平声字作为补偿。通常有三种情况：

一是孤平自救。在该用"平平仄仄平"的地方，第一字用了仄声，这样，除韵脚一个平声字外，就只剩下一个平声字，是为"孤平"。律诗中是不可犯孤平毛病的，因为少了一个平声字就不平衡了，故将第三字仄声改为平声，即成"仄平平仄平"，七言即成了"仄仄仄平平仄平"。

二是大拗必救。在该用"仄仄平平仄，平平仄仄平"的地方，出句的第四字用了仄声（或三、四两字都用了仄声），这样在诗句的音节上就不合音律了，故将对句的第三字改用平声来补偿。这样就改成"仄仄平仄仄（或仄仄仄仄仄），平平平仄平"，七言即成了"平平仄仄平仄仄（或平平仄仄仄仄仄），仄仄平平平仄平"。

三是小拗可救可不救。在该用"仄仄平平仄"的地方，第三字用了仄声，第四字没有用仄声，即"仄仄仄平仄"，此谓"小拗"，即在音节上平仄没有误，故可救可不救。格律上虽然这样说，但诗人往往还是用救。如：

### 赠孟浩然

〔唐〕李白

吾爱孟夫子,风流天下闻。("孟"字小拗,"天"字救)
红颜弃轩冕,白首卧松云。
醉月频中圣,迷花不事君。
高山安可仰,徒此揖清芬。

此处小拗之救,救得非常自然,毫无雕饰痕迹。验证了他"清水出芙蓉,天然去雕饰"的话。又如:

### 送 友 人

〔唐〕李白

青山横北郭,白水绕东城。
此地一为别,孤蓬万里征。("一"字小拗,未救)
浮云游子意,落日故人情。
挥手自兹去,萧萧班马鸣。("自"字小拗,"班"字救)

### 辋川闲居赠裴秀才迪

〔唐〕王维

寒山转苍翠,秋水日潺湲。
倚杖柴门外,临风听暮蝉。
渡头余落日,墟里上孤烟。
复值接舆醉,狂歌五柳前。("接"字小拗,未救,因接舆是人名)

让我们仔细研究一下上述两首诗中拗救和未救的写作

手法。"挥手自兹去，萧萧班马鸣"，本可写成"挥手从兹去，萧萧二马鸣"，就不需要拗救。但"班马"不仅是两匹马，班者，别也，这就把马拟人化了，马也因为即将分别而依依不舍地嘶鸣，这就浓墨重彩地渲染了送友人的气氛。这种以景结情的手法是最高超的。而且，出句用"自兹"比"从兹"好，所以运用拗救自比不救好。

再看"此地一为别，孤蓬万里征"，改为"此地一为别，孤蓬千里征"不就救了吗，为什么不救呢？试比较"千里征"和"万里征"，当然是"万里征"优于"千里征"。救反害意，故不救。

再看"复值接舆醉，狂歌五柳前"，"接"字拗，但"接舆"和"五柳"都是人名，不好改。接舆是楚国贤人陆通的字，见《论语·微子》；五柳指陶渊明，他写过《五柳先生传》，自号"五柳先生"。此处王维把自己和裴迪分别比作陶潜和陆通，表现了狂疏野逸的情致。拗不可救，故不救。

可见，小拗之救，酌情而定：救而生辉，则救之；救而害意，或不可救，则不救。这就是小拗可救可不救的格律释义。

上述两首诗都是名家的名作，以前曾入选高中课文，我们都读过，但教学中尚未讲及拗救问题。但名作亦有拗而不救之句，这就提供了小拗可救可不救的范例。

在写作中，孤平自救和大拗、小拗的对句相救往往是结合在一起运用的。

1. 孤平和大拗拗救并用:

### 夜泊水村
〔宋〕陆游

腰间羽箭久凋零,太息燕然未勒铭。

老子犹堪绝大漠,诸君何至泣新亭。

一身报国有万死,双鬓向人无再青。("万"字大拗和"向"字孤平,"无"字同救)

记取江湖泊船处,卧闻新雁落寒汀。

2. 孤平和小拗拗救并用:

### 新城道中二首·其一
〔宋〕苏轼

东风知我欲山行,吹断檐间积雨声。

岭上晴云披絮帽,树头初日挂铜钲。

野桃含笑竹篱短,溪柳自摇沙水清。("竹"字小拗,"自"字孤平,"沙"字同救)

西崦人家应最乐,煮葵烧笋饷春耕。

3. 孤平和大拗、小拗拗救并用:

### 蕃 剑
〔唐〕杜甫

致此自僻远,又非珠玉装。("自"字小拗,"僻"字大拗,"又"字孤平,以一"珠"字同救,收"一石三鸟"之功)

如何有奇怪，每夜吐光芒。

虎气必腾上，龙身宁久藏。（"必"字小拗，"宁"字救）

风尘苦未息，持汝奉明王。

除拗救外，诗词格律中还规定了许多变格，都是可用的，概括起来有四种：

第一种——三仄脚，即正格应为"平仄仄"，用了"仄仄仄"。如杜甫《八阵图》第三句"江流石不转"，《咏怀古迹五首（其二）》第三句"怅望千秋一洒泪"，等等。但三仄脚有一个条件，就是五言第一字或七言第三字必平。

第二种——平仄平，即正格应为"仄仄平"，用了"平仄平"。如杜甫《登楼》第一句"花近高楼伤客心"，《秋兴八首（其一）》第一句"玉露凋伤枫树林"，等等。

第三种——三平调，即句尾三字都为平声，这在古体诗里是常见的，但律诗里亦有。如李商隐《锦瑟》第二句"一弦一柱思华年"，祖咏《终南望余雪》第二句"积雪浮云端"。

第四种——平仄对调，即仄仄脚的句型，五言第三、四两字对调，七言第五、六两字对调，即五言成为"平平仄平仄"，七言成为"仄仄平平仄平仄"。这种变格可视为正格，常用于律诗的第七句和七绝的第三句，有唐以来，一直沿用至今。如毛泽东《送瘟神二首（其二）》第七句"借问瘟君欲何往"，《答友人》第七句"我欲因之梦寥廓"。但律诗第一、三、五句亦可用，如：孟浩然《过故人庄》

第一句"故人具鸡黍",第五句"开轩面场圃";李白《夜泊牛渚怀古》第三句"登舟望秋月";等等。但这种对调也是有条件的,即五言第一字、七言第三字必须用平声("故人具鸡黍"是例外)。

这样,诗词格律中,除正格外,还有变格、拗救等可以运用的格律,就使我们在格律的约束中获得更多的自由,可以到更广阔的江河湖海里遨游,到更宽敞的舞台上表演,而不致死守正格一方天地。这样,就可以腾出更多的精力用于营造诗的意境,而不是把主要精力花在格律上。清代袁枚说,"诗在骨不在格"(见《随园诗话》)。北京大学王力教授说:"唐人善用拗救的格律,拗救的情况相当常见。宋代以后,除苏轼、陆游几个大家外,就很罕见了。"这大概是宋诗总体上不及唐诗的原因之一吧。

2010 年 7 月 15 日

# 题画诗常用绝句格律提要（给刘锡鹏）

## 一、押韵

押旧韵（平水韵）或新韵（中华新韵十四韵）或 2020 年发布的《中华通韵》均可，但一首诗里不能同用。

## 二、平仄

平声包括阴平、阳平，即第一声、第二声；仄声包括上声、去声，即第三声、第四声。

### （一）五言绝句

平声韵绝句（律绝）有四种句型：(1)［仄］仄平平仄（平仄脚）；(2) 平平仄仄平（仄平脚）；(3)［平］平平仄仄（仄仄脚）；(4)［仄］仄仄平平（平平脚）。（［平］［仄］表示可平可仄。）①

---

① 以下举例有的不完全符合绝句四种句型的平仄规律，这说明从南北朝到唐朝的 200 多年间诗的格律化有一个过程。那么，为什么要向格律化发展呢？读过我写的学诗心得的第一篇文章《绝句学习札记》"（四）格律"就明白了。汉语是单音节语，又有四声，所以才有平仄和四、五、七言的句式。律诗中除可平可仄的字外，其余的平仄字数基本是相等的，且都在音节上。这种平仄的平衡，就形成了节奏的和谐且抑扬顿挫。因为美需要和谐，所以格律是诗音乐性的和谐美的需要。毛主席深通格律诗的内在规律，所以他说，格律诗一万年打不倒。

(1) 平仄脚句型

[仄] 仄平平仄, 平平仄仄平。

[平] 平平仄仄, [仄] 仄仄平平。

例:

### 早 梅

〔明〕道源

万树寒无色, 南枝独有花。

香闻流水处, 影落野人家。

(2) 仄平脚句型

平平仄仄平, [仄] 仄仄平平。

[仄] 仄平平仄, 平平仄仄平。

例:

### 早 梅

〔南朝〕谢燮

迎春故早发, 独自不疑寒。

畏落众花后, 无人别意看。

("众"应平而仄, 此种仄平脚五绝罕见。)

(3) 仄仄脚句型

[平] 平平仄仄, [仄] 仄仄平平。

[仄] 仄平平仄, 平平仄仄平。

例:

### 赠范晔

〔南北朝〕陆凯

折梅逢驿使, 寄与陇头人。

江南无所有, 聊赠一枝春。

(4) 平平脚句型

[仄] 仄仄平平，平平仄仄平。

[平] 平平仄仄，[仄] 仄仄平平。

例：

### 梅

〔宋〕王安石

墙脚数枝梅，凌寒独自开。

遥知不是雪，为有暗香来。

五言绝句仄声韵多为古绝，不受格律束缚。

例：

### 杂 咏

〔唐〕王维

君自故乡来，应知故乡事。

来日绮窗前，寒梅著花未？

**(二) 七言绝句**

实际是在五言前加二字，所以也有四种句型：(1)[平]平[仄]仄平平仄（平仄脚）；(2)[仄]仄平平仄仄平（仄平脚）；(3)[仄]仄[平]平平仄仄（仄仄脚）；(4)[平]平[仄]仄仄平平（平平脚）。

注意：七言所加二字的第二字，与五言的第二字是平仄交互的。

(1) 平仄脚句型

[平] 平 [仄] 仄平平仄，[仄] 仄平平仄仄平。

[仄] 仄 [平] 平平仄仄，[平] 平 [仄] 仄仄平平。

例:

### 题画梅

〔明〕徐渭

从来不见梅花谱,信手拈来自有神。

不信试看千万树,东风吹着便成春。

(2) 仄平脚句型

[仄]仄平平仄仄平,[平]平[仄]仄仄平平。
[平]平[仄]仄平平仄,[仄]仄平平仄仄平。

例:

### 西湖梅

〔元〕冯子振

苏老堤边玉一林,六桥风月是知音。

任他桃李争欢赏,不为繁华易素心。

(3) 仄仄脚句型

[仄]仄[平]平仄仄平,[平]平[仄]仄仄平平。
[平]平[仄]仄平平仄,[仄]仄平平仄仄平。

例:

### 梅 花

〔元〕王冕

三月东风吹雪消,湖南山色翠如浇。

一声羌管无人见,无数梅花落野桥。

(4) 平平脚句型

[平]平[仄]仄仄平平,[仄]仄平平仄仄平。
[仄]仄[平]平平仄仄,[平]平[仄]仄仄平平。

例：

### 墨 梅
〔元〕王冕

我家洗砚池边树，朵朵花开淡墨痕。

不要人夸颜色好，只留清气满乾坤。

（以上举例均用梅花诗，以唱和你的赠梅摄影。）

## 三、对和粘

对，是指绝句的上下句（一、二句，三、四句）平仄是相对的；粘，是指第二句和第三句的第二字平仄是相同的。从以上的五绝、七绝中可以看出，每一首律绝均符合此规律。所以，待到格律娴熟，只需知道第一句的平仄，即可知道全诗的平仄了。

## 四、变格

有时由于表达的需要，绝句第三句的平仄可以变通，叫作变格。即五绝的三、四字，七绝的五、六字，平仄可以对换。但五言的第一字、七言的第三字必平。如：

### 江南逢李龟年
〔唐〕杜甫

岐王宅里寻常见，崔九堂前几度闻。

正是江南好风景，落花时节又逢君。

第三句的平仄本应为"仄仄平平平仄仄"，但这里变为"仄仄平平仄平仄"（"正是江南好风景"）。上面所引的王冕的

《墨梅》第三句"不要人夸颜色好",也可用变格:"仄仄平平平仄仄"("不要人夸颜色好"),成了"仄仄平平仄平仄"("不要人夸好颜色")。

去年秋天,我参观南通市民间收藏书画展(任港路广源美术馆),看到有一个名叫石厣的和尚写的一首《梅》:"冰肌玉骨伴黄昏,却月凌风未易论。独有高人爱高洁,一冬强半住梅村。"第三句也用了变格。又如我的《谢刘锡鹏赠梅花照》的第三句"唯有梅花是知己"亦是。

### 五、拗救

在五言该用"平平仄仄平"的地方,第一字用了仄声,成了"仄平仄仄平",这样除韵脚外,只剩下一个平,即叫作犯孤平。为此,把第三字"仄"改为"平",成了"仄平平仄平"。七言即成了"仄仄仄平平仄平"。这叫本句自救。

在五言该用"仄仄平平仄"的地方,第四字用了仄声,成了"仄仄平仄仄",就在对句的第三字改用平声来补救,成了"仄仄平仄仄,平平平仄平"。这叫对句相救。如果是"仄仄平平仄"的第三字用了仄声,可救可不救。

总之,律诗的格律较严,但不应因律害意。大诗人最懂这一点。李白的名句:"故人西辞黄鹤楼,烟花三月下扬州。""人"字处应仄,但用"故友""老友"都不如"故人"好,所以只得仍之。杜甫的七绝:"黄四娘家花满蹊,千朵万朵压枝低。"第一个"朵"字处应平,但改了反不自然,所以也只得仍之。前日你的"八款梅影无新意,毕竟冬春又一年","款"字处应平,但用"张"并不比它好,所以只得仍之。我主张诗味第一,格律第二;两者都要,但有主次。

2015年2月26日

# 对联部分

## 题 赠

### 敬谒苏中七战七捷纪念馆

枪林弹雨，舍生忘死，热血染成五星灿
塔影入云，壮志雄心，后继迎来百世青

1975 年 4 月 9 日

### 酬守桁学兄二联见赠

汉赋唐诗，江风海韵，耘圃花开单氏集
墨池青砚，茧纸鼠毫，兰亭香溢守桁书

2009 年岁杪

注  墨池等，俱是王羲之的文房四宝。守桁临王羲之的《兰亭序》甚见功底。

**附：单守桁赠联**

#### 赠田松林

虽是同窗，曩昔未闻松下曲
终成挚友，而今惊悟林中音

**再赠田松林**

解甲归田，松间野鹤闲云意
熔金励志，林内虬枝比干心

## 赠杜汉培同学

忆慈母恩师，月色荷池，一杆羊毫情作墨
观南园北麓，松涛柳浪，两行鹤影健为俦

## 赠老友

观今古楹联，历代诗文，多情莫过专门撰
论家庭孝悌，同窗师友，牵挂何如在健康

祝师友安康，癸巳吉祥，一年好景待秋聚
望楼台雾失，路途霾伏，几树寒梅入梦开

## 赠九二劳资班同学

鹰击长空瞵所向
马驰大道慎于平

天下英才，光耀不忘同学日
人中鸾凤，云飞长忆别巢时

## 嵌名联

### 赠本班同学
(年庚为序)

#### 朱明华

明德如兰,馨远益彰仁者寿
华章似锦,读来犹觉菜花香①

注 ① 菜花香:指明华的优美散文《迎春花开,油菜花香》(见《友声》第九期)。

#### 徐 德

徐步走通城,一身福气人人仰
德馨增寿考,百岁基因代代传

注 徐母享年104岁。

#### 季学橙

学养厚谊,寻友追踪①真挚也
橙②居前列,抚筝横笛③自娱之

注 ① 寻友追踪:指去老同学蒋治明老家寻找老蒋下落。

② 橙：可见光谱——赤橙黄绿青蓝紫，橙列第二。
③ 抚筝横笛：学橙的业余爱好。

### 江进才

百里寻踪，总期通讯能增进
一席旅宴，共话八仙过海才

注　上联指李德充偕马载炎、田松林专程前往启东寻找启海老同学下落，通过启东教育局得知江进才退休前为一区中小学督学，遂驱车往吕四拜访，并想通过他寻找傅彩芳、陈士高、汤趾麟。但他也不知，无功而返。
下联指南通十余同学参加一公司组织的吕四一日游，特约进才共进午餐。八仙过海，指传说中八仙之一的吕洞宾曾在江淮斩蛟，吕四有其雕像。

### 徐希朋

两个马塘①，终于知悉希冀处
一肩擦过，当信仍存朋辈心

注　① 指田松林打电话询问如皋、如东两个马塘医院，终于联系上退休在家的徐院长。后我们在北阁饭店聚会，约他来通，可惜未能晤面。

### 李德充

德厚情高，六秩高情情不老
充盈气正，一身正气气长存

## 杜汉培

汉墨为文，凌云健笔情何极

培元固本，小炷留灯寿乃长

注　上联中汉墨为文指汉培所著《碎墨集》《十年文汇》《未了集》等。杜甫《戏为六绝句（一）》有"庾信文章老更成，凌云健笔意纵横"。

下联借鉴了陆游《独学》中"秋风弃扇知安命，小炷留灯悟养生"一句。

## 夏秀梅

秀外慧中，当年学弟尊师姐

梅开雪映，今日岔河浮暗香

注　〔宋〕林逋咏梅有诗句"疏影横斜水清浅，暗香浮动月黄昏"。

## 马载炎

载道于一身，苦寒终有梅香溢

炎黄遗二训，幸事皆由"和"字来

## 张凤岐

凤翥鸣朝阳[①]，当年幸遂青云志[②]

岐山偎渭水[③]，八秩尚逢知遇人

注　① 凤鸣朝阳：语出《诗经·大雅·卷阿》，比喻贤才逢良时。

② 青云志：指考取南京航空航天大学。
③ 岐山渭水：用姜太公八十遇文王典。

### 陈达齐

旷达在何时？挥锹挖土开河去
思齐谁有福？玩偶弄孙绕膝来

注　因家庭出身未能参加高考，回乡务农。后我们到他家访旧，始得联系。

### 王克培

克智克勤，早成文理兼优者
培基培正，终信德才益寿星

注　王克培学工能文，写有长篇小说。

### 倪国平

国运如春，候鸟①往还栖福地
平心若水，故人静览弄潮天

注　① 候鸟：指她近年冬春常往返于上海、海南两地。
她在《友声·我的教师生涯》一文中写道："我要在这有限的人生尽力去感知四时，感知山水，看着大自然的变化莫测。以一颗平静的心、平淡的心、平常的心去看世界的风云变幻，潮起潮落。"下联取其意而用之。

### 杨鸿逵

鸿渐[①]未酬,昔时志士多如是
逵[②]途尚远,旧雨天年共久长

注 ① 鸿渐:语出《易经·渐卦》中的"鸿渐于干""渐之进也"。
② 逵:道路。

### 陈 云

妙笔铺陈来,细修古镇春秋史
夕照彩云伴,盛赞同窗兄弟情

### 刘允娴

允尽地主谊,三日导游情至极
娴熟扬州景,二分明月影成双

注 〔唐〕徐凝诗有"天下三分明月夜,二分无赖是扬州"。

### 陆义山

义重如山,友情不忘三升米[①]
山高有义,断线重连十里坊[②]

注 ① 三升米:三年困难时期,他家几欲断炊,向李德充家借得18斤大麦米度日,后他在《友声·艰难的岁月,难忘的友情》一文中写到此事。
② 十里坊:位于唐闸。田松林在唐闸巧遇陆义山,从此取得联系。

### 蒋治明
治学治军治家治身励精图治
明德明志明礼明道世事洞明

### 田松林
笔底诗文,松涛声播千层意
案头云水,林海波扬万种情

(杜汉培、戴炳泉撰)

### 秦树芝
树上鸟鸣,齐声深谢理财手
芝兰为友,久处方知香草心

注 笔者高中所在班级主办《友声》期刊,树芝为财务总管,做了许多工作。

### 顾锦源、黄淑娟伉俪
锦瑟同弹,朱颜曾照西湖畔[①]
淑人[②]相伴,白发犹如竹马时

注 ① 西湖畔:指浙江大学。
②《诗经·曹风·鸤鸠》中有"淑人君子,其仪一兮"。

淑女入怀泛西子①
锦鳞戏水逛濠河

注 ① 西子：西湖。

### 戴炳泉

炳照杏坛，笔伴舌耕怀侠骨
泉流山涧，影随鹤舞葆童心

### 周家鼎

家国济苍生，名医高寿寻常见
鼎力援旧雨，多病故人从未疏

注 〔唐〕孟浩然诗有"不才明主弃，多病故人疏"句，这里反其意而用之。

家世悬壶天佑寿
鼎力助人府长春

注 上联指其父子皆从医。

### 曹 博

曹氏为师，夭桃秾李知恩报
博闻强志，挚友深情亦笃行

### 王典鸿

典学①课堂，师教弟子翻师著②
鸿栖唐闸，故地顽童乃故人

注 ①典学：语出《尚书·说命下》"念终始典于学"，常于学也。
② 师著：有一数学习题集是他自编出版的。

### 缪淑芳

淑女若慈，济困御寒助一友
芳心如故，相夫牵手共双睛

注 上联指缪淑芳送寒衣给刘允娴过冬。刘允娴在《友声》第六期中写道："她不忍心我受寒挨冻，不声不响地把她漂亮的翠绿色毛线背心和蓝色的长棉大衣借给我穿。让我度过了高中阶段难忘的几个寒冬，暖了我的身，更暖了我的心。这是刻骨铭心的恩情。"
下联指其先生宋育东有眼疾，两人共用一双眼睛。

### 杨紫霞

紫气东来，湘水本因濠水绿
霞光西上，心头相映日头红

注 她在湘潭大学任教，湘潭位于南通之西。

### 林 勉

百鸟归林，犹记当年一才女
诸君共勉，相期沪上双寿星

### 钱婉平

婉约为宗，柔情似水柔为贵
平和则健，韧性如钢韧者康

### 马镜然

镜中我者谁？曲高不厌巴人和
然后人何许？驹睿培成马首瞻

注　其孙留美。

### 奚家成

家道在唱随①，世上真情亲与子
成雄由积健②，人生第一健和康③

注　①唱随：《千字文》中有"上和下睦，夫唱妇随"句。
②积健：1919年北京大学校长蔡元培先生为南通中学参加县运动会荣获第一题赠"积健为雄"四字（手迹见南通中学体育馆西墙，语出〔唐〕司空图《诗品·雄浑》）。
③伟大领袖毛泽东同志提出了"健康第一，学习第二"的方针，1951年1月15日他在给时任教育部部长马叙伦的信中再次谈到，"提出健康第一，学习第二的方针，我以为是正确的"。

## 赠同届同学

### 刘锡鹏

锡惠山泉，知君悦己醉翁意

鹏鲲天地，求美寓真最高楼

注 上联中，无锡的锡山惠泉（天下第二泉）也可称江南一景，这里泛指胜迹。上联把景物拟人化，说她们知道你喜欢她们，"女为悦己者容"，但你的摄影，醉翁之意不在酒，而在山水之间，在闲情逸致。

下联引《庄子·逍遥游》中对鲲鹏的描述，鲲鹏，一作"鹏鲲"，见《辞海》；又引美国心理学家马斯洛（1908—1970）的需求层次理论，人的高层次需求是对美的追求。摄影作品，要求美求真，但不是刻板的真，而是要有设计、有寄托。

### 罗宗南

岱宗夫如何，造化钟神秀

江南好风景，老人应寿昌

注 上联借用杜甫的《望岳》。

下联引杜甫《江南逢李龟年》"正是江南好风景"和《寄韩谏议注》"周南留滞古所惜，南极老人应寿昌"。

### 徐 岳

笔底疾徐心底定

胸中海岳梦中飞

### 王宗衍

师宗方识源头远

繁衍全凭创意长

### 周纪浔

纪游梓里荣归日

浔听故园晨读声

注  通中同届同学,美国亚特兰大大学终身教授。

### 顾立九

立三①俱兼,源于立雪②

九思③皆备,且养九如④

注  ① 立三:语出《左传·襄公二十四年》:"大上有立德,其次有立功,其次有立言。虽久不废,此之谓不朽。"

② 立雪:程门立雪。《宋史·杨时传》:"颐偶瞑坐,时与游酢侍立不去,颐既觉,则门外雪深一尺矣。"后用以形容尊师重道。

③ 九思:语出《论语·季氏》:"君子有九思:视思明,听思聪,色思温,貌思恭,言思忠,事思敬,疑思问,忿思难,见得思义。"

④ 九如:语出《诗经·小雅·天保》:"如山如阜,如冈如陵,如川之方至,以莫不增。""如月之恒,如日之升。如南山之寿,不骞不崩。如松柏之茂,无不尔或承。"

上联是说君已做到"三立",是和当年通中的教育分不开的。下联是祝愿,全部用典。

# 赠外单位同志

## 吴云霞老师
云彩与春苗共话
霞光同师德齐辉

## 黄艳丽老师
艳阳光下师恩暖
丽水①源头爱意长

注 ① 丽水：原指金沙江，这里泛指大江。

## 张福龙先生
福昭犹似春晖暖
龙跃只为甘雨忙

## 龚风光先生
风光胜景一心擘
光风霁月两袖生

## 梁郁菲编辑
郁郁乎文哉①，郁郁乎兰苣②
菲菲兮袭予③，菲菲兮满堂④

注 ① 多么有文采啊，集自孔子《论语·八佾》。

② 多么芬芳啊，集自刘峻《广绝交论》（兰和茝，都是香草）。
③ 芬芳飘到我这里，集自屈原《楚辞·九歌·少司命》。
④ 芬芳充满您全家，集自屈原《楚辞·九歌·东皇太一》。

### 盛红专主任医师

红为厚德载物志
专乃自强不息功

### 王政华主任医师

政者大医帅以正
华乃妙手回春花

注 《论语·颜渊》中有"政者，正也。子帅以正，孰敢不正"。

### 倪松石主任医师

心如明月松间照
情似清泉石上流

### 柳艳梅护士长

艳阳正照病房里
梅蕊长留医患间

## 婚　联

### 集《诗经》句贺友人孙女结婚

琴瑟友之凤凰鸣矣

鸳鸯飞矣麟趾降之

注　琴瑟友之——《国风·关雎》；凤凰鸣矣——《大雅·卷阿》；鸳鸯于飞——《小雅·鸳鸯》；于嗟麟兮——《国风·麟之趾》（麟趾：子孙昌盛之意）。

### 贺闻乐天、胡力文结婚

成于自信乐天派

只缘内助可为文

### 贺吉亦乐、潘卓中秋结婚

中秋吉夕喜加喜

月亮因缘圆更圆

# 寿　联

## 贺易海云同志七十寿辰

二十进京，三十而立，四十蒙难，五十奋笔，六十出集，七十穷经，再期八十挥毫，九十初度逍遥日

正如楷法，畅如行书，浩如云海，健如踏歌，恋如春鸿，巧如妙对，更有深如老子，彻如通吟道德经

2004 年 4 月

## 贺方弢老师八十寿辰

夫子燕居申申如也夭夭如也
上士为道涣涣似之圆圆似之

2009 年 9 月

注　上联集自《论语·述而》。"燕居"是说孔子闲居时仍衣冠整饬而轻松自然，《礼记》有《仲尼燕居》一篇。"申申如也"，即子孙在侧，虽燕居必冠。"夭夭如也"，《诗经》有"桃之夭夭，灼灼其华"，即神态和舒。

下联集自《老子》第十五章、十六章。是说古之有道之士，视道如春水中的冰释，视宇宙之生成为万物纷纭而复归本原。这都是从养生角度赋予的祝词。

### 贺李贵仁同志八十寿辰

八秩寿高今见夥①
一帆风顺古来稀

2010 年 7 月

注 李贵仁，太原师范专科学校（现太原师范学院）副校长。
① 夥（huǒ）：多。

### 贺陆本魁同学七十寿辰

宇宙作胸怀，天道酬勤，自有名师施母育
天公偏俊彦，自然益寿，须知智者本魁星

2010 年 8 月

注 陆本魁，为笔者中学同学，1941 年生，南京大学毕业，曾任中科院紫金山天文台台长。

### 贺范伯群老师八十寿辰

踏遍青山①成巨伯②
树高赤帜领芳群

2010 年 9 月 17 日

注 范伯群，1931年生，复旦大学中文系毕业，曾在南通中学任教，后任苏州大学教授，博导，文学院院长。
① 踏遍青山：指范老师在他的巨著《中国通俗文学史》的作者近照旁的自题字。
② 巨伯：暗指2008年在国家新闻出版总署的评选中，其巨著《中国通俗文学史》名列文学理论类榜首。

### 贺黄克全同志八十寿辰

克敌渡江留剩勇
全家祝嘏庆齐眉

2010年12月12日

注 黄老同志，原江苏工程职业技术学院人事科科长，解放战争期间参加过渡江战役。

### 贺吴庆萱同志八十寿辰

八十高龄花甲党龄人生难得双重庆
书刊为伴养怡为伴天道定酬百枝萱

### 贺胞妹松贞七十寿庆

贤良心地春如海
俊彦儿孙福满堂

2011年12月13日

### 贺胞弟松茂六十寿辰

松比遐龄,遐龄常比鹡鸰鸟
茂如健体,健体犹如棠棣花

### 贺老妻袁宝兰七十寿辰

所宝唯贤,故家和即寿长久
纫兰以佩,则居雅而室弥香

### 贺谭政民先生九十华诞

政事得其施,荣庆岁华开九秩
民心之所向,雅观墨韵展三豪[①]

2018 年

注 ① 三豪:谭老《墨韵》一书中的诗、书、印。

### 贺严立三老师八十寿辰

立三已建言功德
三立更期福寿昌

# 春 联

## 自 题

松冈藏虎气
林下撵猴行

2010年2月14日（正月初一）

注　看是嵌名联，实是养生联。上联讲心理调适，虎年多虎气。下联讲柔和运动，古人把猴行列为养生四诀之一，太极拳有一节即为倒撵猴。

## 在深圳向北国诸友拜年

亲情因叠友情暖
南国时牵北国寒

佳节倍思亲，思友思师，思路浩茫连广宇
满心怀祝愿，祝禧①祝嘏②，祝词精练曰康宁

2012年2月16日

注　① 祝禧（xǐ）：祈求福佑。
② 祝嘏：祝寿。

## 南通首届春联书法大赛参赛稿

江水送行舟,送别玉龙蟠北翼
五山迎盛会,迎来金蛇舞东风

2013 年春节前,获入围奖


## 赠老友

观今古楹联,历代诗文,多情莫过专门撰
论家庭孝悌,同窗师友,牵挂何如在健康

2013 年春节前


## 赠方弢老师

祝方老心怡,阖府声和,一年好景皆相伴
观楼台雾失,鼠狐雪盖,几处寒梅独自开

2013 年春节前

## 给孙子阳阳

负笈①攀桂树,二分明月②下
他年步蟾宫,一举金榜前

2022 春节前

注 ①笈:书箱。
② 二分明月:唐诗人徐凝《忆扬州》有"天下三分明月夜,二分无赖是扬州"之句,这里代指扬州大学。

## 生 肖 联

饮马牧羊,愿今岁膘肥草壮
养龟放鹤,伴故人体泰年高

2015 羊年春联


辞旧岁美羊儿喜留合影
迎新春金猴子欢献蟠桃

2016 猴年春联

谁说老先生写春联每况愈下
我观橡笔下起波澜逐浪犹高

报晓鸡来，我老矣，惯听鸡叫
闹山猴去，君不妨，仍效猴行

2017 鸡年春联

雪中迎犬梅花放
风里送鸡竹叶摇

2018 狗年春联

## 老家门联
（因拆迁已不复存）

向阳大道
傍水小庐

窗南过客无留意
门北平房有寿星

观天下无风平浪静
看陋室有冬暖夏凉

闲坐门前春花秋月
静观桥下车水马龙

夕阳如朝日
近邻胜远亲

提篮毋卖笋
煮豆莫燃萁

## 为悼母亲作

春晖秋露
夏雨冬阳

## 为父亲九十大寿作

花甲添周半
九如尚有奇

## 书室联

师古不泥古
创新为求新

得失塞翁马
穷通孺子牛

## 挽 联

### 挽易本老师

春风教态,秋水舞姿,犹在讲台谈党史
夏日神游,冬天思返,每逢活动忆君颜

### 挽蒠元吉老师

大雁伤失序,长空停翼声声切
老骥忍离群,赤日举蹄步步遥

### 挽顾文炎同学

四十年同窗同室同手足,何期痛失手足
卅五载为国为家为后生,永远垂范后生

### 挽张潜萍同学

为大连校友会,倾注全神,常把资料分寄我
念母校通中人,痛丧一友,每当聚首总思君

### 挽林勉同学

总有问候来,此情此后梦君现
溘然长辞去,秋雨秋风和泪飘

### 挽李德充同学

奉献一颗心,身持玉节堪高士
知交六十载,江涌泪涛送故人

### 挽胞妹松珍

著劬劳相夫教子
留芳名良母贤妻

## 对联学习心得

# 对联作法

**一、完整的构思**

2024年版《联律通则》（见文后附）与2008年版相比，条目未变，但在文字上却有更加精准的整饬，所以必须认真学习，触类旁通。2024年版《联律通则》的第一条至第六条，即所谓"六要素"，是写对联必须遵循的。我现在把"六要素"的最后一条即"语意关联"放在第一条，即完整的构思。

完整的构思就是谋篇。对联虽然篇幅短小，但它是完整的篇章。首先，谋篇必须有高远的立意。对联亦如诗词，以境界为上，有高远的境界才有佳联。红学家周汝昌先生说："对联是一种'精粹'，一种'提炼'，一种'结晶'，或一种'升华'。它有极大的概括能力，能以最简炼（练）的形式唤起人们最浓郁的美感，给人以最丰富的启迪，或使人深思、熟味，受到很大的教益。"（《中国古今实用对联大全·序》）我们撰写对联，就要尽自己所能，达到周先生这样的高标准要求。《中国古今实用对联大全》前言所说的对联最具雅俗共赏性，是指其应用的广泛性和观赏的群众性，可以是很通俗易懂的，但不应是平庸甚至低俗的。其次，谋篇要考虑对联的结构。对联是由字数相等、句式相同的上下两联构成。上下两联既有区别又有联系，形成一个统一于主题的完整的整体。不能互不相干、毫无联系，又不能上下两联意义雷同，雷同就是"合掌"，是对联的大忌。对联上下联的关系，有如词的上下片的关系，既要藕断，又要丝连。可以上景下情，情景交织；可以上外下内，内外结合；可以上正下反，相反相成；等等。在考虑上下联结构的同时，还要考虑上下联的对仗和平仄问题。

## 二、工整的对仗

工整的对仗要求上下联的词性相对，名词对名词，动词对动词，形容词对形容词，数量词对数量词。同时，还要平仄相对，这里既指句中的平仄交替，又指上下联的平仄相对。平声指现代汉语中的阴平、阳平，仄声指现代汉语中的上声、去声。平仄相对是对联的音乐性的需要，因此主要是要求音节点上的平仄相对，而不是要求上下联字字相对。一般是，上联的句脚用仄声，下联的句脚用平声，但要尽量避免三仄脚或三平调。还有，三句以上的多句联，每句的句脚要形成所谓"马蹄韵"。如三句联，上联三句的句脚为"平、平、仄"，下联三句的句脚为"仄、仄、平"；五句的则为上联"仄、仄、平、平、仄"，下联"平、平、仄、仄、平"，有如"嘚嘚"马蹄声。但这种马蹄韵的要求也不是绝对的，《中国古今实用对联大全》中的一些多句联也有未遵循的，如郁达夫挽其兄郁华联用了马蹄韵，而挽徐志摩时则未用。除句脚平仄要求外，句中的平仄要求就是按所用的诗文句式的要求，诗按律句，文按骈体。

### 三、灵活的句法

对联的句法是多种多样的。

第一种是用律诗的律句，尤其是五言联、七言联，多用的是五言、七言律诗的句法，单句对联中用得最多。在多句联中，上下联的尾句，也多用律句，以达上下句收放自如之效。如：

杨　度

风物正凄然，望渺渺潇湘，万水千山皆赴我
江湖常独立，念悠悠天地，先忧后乐更何人

（题岳阳楼）

第二种是八言文句，也为常见。如：

于右任

佳兴忽来诗能下酒
豪情一注剑可赠人

佚　名

大海有实能容之量
明月以常不满为心

第三种句法是用词的领字格句法。如有些五字句，看去是五言，实际不是五言的句法，而是一字领四字的句读。如上面杨度的岳阳楼联，上联"望渺渺潇湘"，下联"念悠悠天地"，都是一字领四字的句法，是吸收了词的语言之长。

第四种句法是用骈文的句法。如：

## 北京大学

资自强而载物，砥砺同行，百龄清誉称棠棣；
取兼容以开新，交融共进，万卷华章照古今。

（嵌名贺清华大学百年校庆）

此联上下联的第一句就是用的骈文的文法，既不同于诗，也不同于词，大有百年老校的古色古香之味。第二句也是文句，尾句用的则是七言律句。

又如，陈霜桥祝南通中学八十周年校庆联的首句，也是用的骈体：

师道立则善人多
器识先而文艺后

所以，对于对联的句法，诗词文赋皆有用武之地。

## 四、多彩的修辞

对联的修辞手法，与诗词一样，也需要赋、比、兴结合。比兴手法是撰写对联的基本手法，多用形象来构成意境，但也不废议论。如：

**郑板桥**

虚心竹有低头叶

傲骨梅无仰面花

**张大千**

诗有议论更清妙

书贵瘦硬始通神

前者以竹比喻虚心，以梅比喻傲骨，用的比兴手法，确切之至；后者提出了与众不同的诗书风格主张，引人注目。

还有叠词联，也增加了联语的表现力。如：

**黄文中**

水水山山，处处明明秀秀

晴晴雨雨，时时好好奇奇

（题杭州西湖天下景亭联）

还有顶针联。如：

**佚　名**

大肚能容，容天下难容之事

开口便笑，笑世间可笑之人

（北京潭柘寺弥勒佛联）

还有回文联。如：

地满红花红满地

天连碧水碧连天

等等。

## 五、适合的用途

学必期于用,从长远来说未必正确;用必适于地,却是何时都正确的。对联的用途很广:从励志用途来说,有自勉,有题赠,有褒奖,有讽喻,有写景、有抒情;从其应景用途来说,有春联,有贺联,有挽联;从其所处的地点来说,有宅第商家,有厅堂书斋,有祠庙署所,有旅游景点;等等。每一用途都必须适于地,适于所写对象的个性与特征,而不能"放之四海而皆准"。即使不是创作,而是抄录,也必须适用于地。

有两种对联,更要做到"用必适于地"。

一是嵌名联,常用于题赠,即把名字二字嵌于上下联的相对之处。从首字到末字均可。以七言联两字分嵌为例,从第一字至第七字,分别称鹤顶(凤顶)格、燕颔(凫颈)格、鸢肩(鸳肩)格、蜂腰格、鹤膝格、凫胫(雁翎)格、雁足(凤尾或燕尾)格。如:

### 张伯驹

傅相伯师皆是弼

聪明正直即为神

(嵌名赠傅聪,鹤顶格)

### 潘力生

旷代舞姿夸淑女

当今风气慕湘君

（嵌名赠白淑湘，雁翎格）

也有嵌于多句联。如：

### 北京大学

资自强而载物，砥砺同行，百龄清誉称棠棣；

取兼容以开新，交融共进，万卷华章照古今。

（嵌名贺清华大学百年校庆）

此联把"清华"二字嵌于上下联倒数第五字处。

嵌名联的另一种形式是鸿爪格，即名字二字或姓名三字分别嵌入上下联的不同位置，如雪泥鸿爪的脚印一般。如田汉题赠的《赠常任侠》（一生常继开平志　千里声传任侠名）和老舍贺茅盾寿联（鸡声茅屋听风雨　戈盾文章赴斗争）。

但须注意，对长辈的题赠联，最好别用嵌名，因为直呼其名有不敬之嫌。

二是集句联，也可用于抒怀或题赠。如：

### 林则徐

为学日益，为道日损

大勇若怯，大智若愚

注　上联集自《老子》第48章；下联集自苏轼《贺欧阳少师致仕启》。

郭沫若集句赠侯外庐:

　　　　公生明,偏生暗
　　　　智乐水,仁乐山

　　注　上联集自《荀子·不苟》;下联集自《论语·雍也》。

## 六、时代的风采

　　对联不仅要"用必适于地",而且要"用必适于时"。它最能真实地反映时代的风貌。尤其是春联,可以说是时代的记录。所以,撰写对联要与时俱进,不断创新,不能因循守旧,故步自封。即使旧时很有新意的好对联,原封不动地拿来张贴,也会令人厌旧。如店铺适用的对联:

　　　　经营师子贡①
　　　　贸易效陶朱②

注　①子贡:孔子学生,善于经商,富至千金。
②陶朱:即范蠡,助越灭吴后,改名陶朱公,以经商致富。

这副对联的初创,应该说是形象生动、立意高远的。但今天如果再用,即显得陈旧之至了。不若改用:

　　　　近悦远来春风满店
　　　　物美价廉顾客盈门

或其他富于时代精神的对联。

## 七、地方的特色

以春联为例,如写歌颂时代、歌颂祖国的内容,既可以写一般性的,也可以写地方性的。而如果结合地方特色撰写春联,寓共性于个性之中,则使人感到更加亲切,更引人入胜。如处在江海之滨的地方,春节就可写:

> 笔歌江海
> 墨舞龙蛇

> 江风海韵诗情重
> 水光山色画意浓

如处兰亭,即可集《兰亭序》为联:

> 居此处赏崇山峻岭茂林修竹
> 守暮春观朗日气清游目骋怀

## 八、审美的张贴

春联因年年更新,一般用黑墨写在红纸上,讲究一点的可写在洒金或印有各种吉祥图案的红纸上,贴于大门两侧,上联居右,下联居左。横批贴于门楣上。横批写法按传统应从右向左,现也有自左向右的。

附: **联 律 通 则**

中国楹联学会

### 引言

对联是中华优秀传统文化的重要组成部分,具有谐巧性、实用性、文学性等特点。

对联是两行对仗且意联的文字所组成的独立文体,其基本特征是"对仗",即"词语对偶"与"声调对立"。

中国楹联学会曾组织联界专家将千余年来散见于各种典籍中有关联律的论述,进行梳理、规范,分别于2007年6月1日形成《联律通则(试行稿)》、于2008年10月1日颁布《联律通则(修订稿)》,得到联界的广泛认可。在多年实践基础上,中国楹联学会再次征求各方面的意见,做进一步的修改,制订了《联律通则》。现经中国楹联学会八届五次会长会议审议通过,予以颁布。

## 第一章　基本规则

第一条　字句对等。一副对联,由上下联两部分构成。上下联的句数相等,对应语句的字数相等。

第二条　词性对品。上下联处于相同位置的词,词类属性相同,或符合传统的对偶种类。

第三条　结构对应。上下联词语的结构,彼此互相对应,或符合传统习惯。

第四条　节律对拍。上下联句的句读节奏一致。节奏的确定,可按音节节奏,即二字为节,节奏点在语句用字的偶数位次,出现单字独占一节;也可按语意节奏,即出现不宜拆分的三字或更长的词语,其节奏点均在最后一字。

第五条　声调对立。本句中相邻节奏点上的字,平仄交替;上下联句所对应节奏点上的字,平仄相反。多分句联中,各分句句脚的平仄有规律地交替。上联收于仄声,下联收于平声。

第六条 语意关联。上下联句表达同一主题。

## 第二章 传统对格

第七条 对于历史上形成的且沿用至今的传统修辞对格,例如,当句自对、叠字对、交股对、借对等,均可视为工对。

第八条 用字的平仄,或依古汉语旧声韵(即平水声韵),或依现代汉语新声韵,但在同一副对联中不得混用。

第九条 使用领字、衬字、虚词、两个音节以上的数词等,允许不拘平仄,且不与相连词语一起纳入节奏。

第十条 避忌问题:

(1) 忌合掌;

(2) 忌不规则重字;

(3) 避免三仄尾,忌讳三平尾。

## 第三章 从宽范围

第十一条 允许不同词性相对的范围大致包括:

(1) 形容词和动词;

(2) 偏正词组中,充当修饰成分的词;

(3) 同义或反义连(联)绵词;

(4) 成序列(或系列)的事物名目。

第十二条 巧对、趣对、摘句对、集句对等,允许适当放宽。

## 第四章　附则

**第十三条**　本通则作为对联教育、创作、评审、鉴赏中，在格律方面的基本依据。

**第十四条**　本通则由中国楹联学会解释。

**第十五条**　本通则自2024年1月1日起施行。2008年10月1日颁布的《联律通则（修订稿）》同时废止。

注　第五条即传统说法"平仄对立"中所谓"平顶平，仄顶仄"，即多句联的句脚必须交替，后来也形象化地称为"马蹄格"，我们前面称之为"马蹄韵"。其规则正如马的行步，后脚总是踏着前脚的脚印走，每个脚印总要踏两次。如以一边的脚为仄，另一边的脚为平，左右轮流，那么，"平平"后面就是"仄仄"，"仄仄"后面就是"平平"。但在立定时，前脚的站立点，并无后继，所以，末尾应为单仄或单平。这样，上联的句脚就形成了"平平仄仄平平仄"，下联的句脚也形成了"仄仄平平仄仄平"。

# 对联书法

富含诗情哲理的联语,结合风神韵致的书法,再加上工艺精湛的装裱,三美齐备,艺趣相生,确可称为上乘的艺术品,无论是自题还是题赠,都可令人为之钟情而历久不衰。

对联书法的字体,可视内容和书家擅长而定。庄严肃穆的殿堂楹联,宜用正楷颜体,也可用大篆、小篆、汉隶。其他多用行楷、行草。

对联的落款,多用单行款或双行款。单行款,写于下联的左侧下方,包括作者姓名、创作时间和地点,姓名前可加谦辞"愚生""愚弟"等,有的单行款只署名字,谓之"穷款"。双行款分上下款,上款写于上联的右侧上方,称谓视其对长辈、同辈、晚辈而异。长辈可称某老、某师,或泛称先生;平辈可称"仁兄""大兄""贤弟";对学生,可称"贤棣""贤契""君"等。标联语可写"雅正""法正""教正""赐正""正之""惠存""哂存""留念""清鉴""雅鉴""清玩""雅玩"等等;如是应嘱而作,则可写"属"(即"嘱")、"雅属"、"属书"、"命书"等;若是自撰,又是自书,则可用"两正"二字,即"文质"两正。婚联可写新婚之喜、花烛之喜,或对方子女令郎令爱大婚之喜;寿联可写几秩寿辰、几秩荣庆、几秩华诞等;挽联可写"千古""逝世""仙逝"等。落款的字体多用行书。上下款也有极少数落在上下联的下方。

对联的钤印，应视为平衡章法不可或缺的一部分，书和印又是姊妹艺术。印章有名章、闲章、引首章之分。名章、闲章盖在名下。引首章盖在上联的右上方，如上联已落款，则不用引首章；婚联、寿联用红纸写成，亦不必剪贴钤印，以免蛇足之赘。